죽어서 봄이 된 시인 고월 이장희 시 전집—

봄은 고양이로다

이장희

저기 푸른 안개 너머로
벤치에 쓰러진 사람은 누구입니까.
그는 시인입니다.

아인북스

365일 독자와 함께 지식을 공유하고 희망을 열어가겠습니다.
지혜와 풍요로운 삶의 지수를 높이는 아인북스가 되겠습니다.

봄은 고양이로다

초판 1쇄 인쇄 2017년 1월 02일
초판 1쇄 발행 2017년 1월 16일

지 은 이 | 이장희
펴 낸 이 | 김지숙
펴 낸 곳 | 아인북스
등록번호 | 제 2014-000010호
주   소 | 서울시 금천구 가산디지털2로 98
           (가산동 롯데 IT캐슬) B208호
전   화 | 02-868-3018
팩   스 | 02-868-3019
메   일 | bookakdma@naver.com

I S B N | 978-89-91042-65-0 (03810)
값 12,000원

죽어서 봄이 된 시인 고월 이장희 시 전집 —

봄은 고양이로다

이장희

❏ 일러두기

1. 이 책은 문장사 이장희 전집 <봄과 고양이>(제해만 편)를 참고하여 현대문으로 옮겼다.

2. 고월 이장희의 시 36편의 구성은 짝수 페이지에는 현대문, 홀수 페이지에는 원전 그대로 표기하고, 따라 쓰기는 짝수 페이지에는 현대문 시를 표기하고 홀수 페이지는 따라 쓰도록 예쁜 그림편지지를 마련했다.

3. 수록 순서는 발표연대에 따랐으며 창작연대를 분명히 알 수 없는 작품은 제해만이 맞추어둔 그대로 실었다. '방랑의 혼'과 '연' 두 작품은 분명치 않아 맨 마지막에 싣고 원문은 찾을 수 없어 현대문만 실었다.

4. 각 시의 끝에는 발표 지를 밝혀두었다.

5. 표지의 그림은 민화 '묘접도'의 부분이다. 작자는 미상.

대구 두류공원 이장희 시비

「봄은 고양이로다」를 펴내며

| 머리말

이장희는 19세기 프랑스의 상징주의를 대표하는 보들레르에 견주어지는 시인이다. 그는 미국의 알프레드 노프 사가 발간한 시선 집 「The Grate Cat」에 '봄은 고양이로다'가 실리면서 세계적으로 알려진다. 그의 시는 교과서에도 실릴 만큼 작품성이 뛰어나며 다양한 색채언어를 구사함으로써 한 폭의 그림을 보는 듯하다. 이런 짙은 회화성 덕분에 대표적인 상징주의 시인으로 꼽힌다.

그러나 남긴 작품의 수가 워낙 적은 탓에 책으로 출판되지 못하고 있었다. 그의 시를 아끼는 독자의 한 사람으로서 이것이 안타까워 폐사에서 이장희 시 전집을 펴내기로 했다.

원문을 함께 실어 이해를 돕고 예쁜 그림을 곁들여 감상하기에 지루하지 않게 배려했다. 후반부에는 따라 쓰거나 패러디할 수 있도록 편지지 형식의 공간도 함께 마련했다.

차 례

고월 이장희의 시 36편

청천의 유방

어머니 어머니라고
어린마음으로 가만히 부르고 싶은
푸른 하늘에
따스한 봄이 흐르고
또 흰 볕을 놓으며
불룩한 유방이 달려있어
이슬 맺힌 포도송이보다 더 아름다워라
탐스런 유방을 볼 지어다
아아, 유방으로서 달콤한 젖이 방울지려하누나
이때야말로 애구의 정이 눈물겹고
주린 식탐이 입을 벌리도다.
이 무심한 식욕
이 복스러운 유방……
쓸쓸한 심령이여 쏜살같이 날지어다.
푸른 하늘에 날지어다.

靑天의 乳房

어머니어머니라고
어린마음으로가만히부르고십흔
푸른 하눌에
다스한봄이 흐르고
쏘 흰볏을 노으며
불녹한 乳房이 달녀잇서
이슬매친포도송이보다더아름다워라
탐스러운乳房을 볼지어다
아아 乳房으로서달콤한젓이방울지러하누나
이새야말노愛求의情이눈물겨우고
주린食慾이입을벌이도다
이무심한食慾
이복스러운乳房……
쓸쓸한심령이어 쏜살가티날러지어다
푸른하눌에날러지어다

<여명 1925. 9>

실바람 지나간 뒤

임이시여
모르시나이까?

지금은
그리운 옛날 생각만이,
시들은 꽃
싸늘한 먼지
사그라진 촛불이
깃들인 제단을
고이고이 감돌면서
울음 섞어 속삭입니다.

무엇을 빌며
무엇을 푸념하는지요.

실바람지나간뒤

님이시여
모르시나닛가?

지금은
그리운 녯날생각만이,
시들은 곳
싸늘한 몬지
사그라진 촉불이
깃드린 祭壇을
고이고이 감돌면서
울음석거 속색임니다.

무엇을 빌며
무엇을 푸념하는지요.

〈금성 1924. 5〉

새 한 마리

날마다 밤마다
내 가슴에 품겨서
아프다 아프다고 발버둥치는
가엾은 새 한 마리.

나는 자장가를 부르며
잠재우려 하지만
그저 아프다 아프다고
울기만 합니다.

어느덧 자장가도
눈물에 떨고요.

새한머리

날마다 밤마다
내가삼에 품겨서
압흐다 압흐다고 발버둥치는
가엽슨 새한머리.

나는 자장가를 부르며
잠재이랴하지만
그저 압흐다 압흐다고
울기만함니다.

어늬덧 자장가도
눈물에 쩔구요.

〈금성 1924. 5〉

불놀이

불놀이를
시름없이 즐기다가
아뿔싸! 부르짖을 때
벌써 내 손가락은
발갛게 되었더라.

봄날
비오는 봄날
파랗게 여윈 손가락을
고요히 바라보고
남모르는 한숨을 짓는다.

불노리

불노리를
실음업시 질기다가
앗불사! 부르지즐째
벌 서 내손가락은
밝아케 되엿더라.

봄날
비오는 봄날
파라케 연원 손가락을
고요히 바라보고
남모르는 한숨을 짓는다.

<금성 1924. 5>

무대

거미줄로 짠 회색 옷을 입은 젊은 사나이.
흰 배암 문의紋儀로 몸을 꾸민 어여쁜 새악씨.

젊은이들은 철없이 반기며 묘한 춤을 추도다.

아, 그러나 향로의 연기는 가늘게 떠올라라.
조용한 촛불은 눈물을 흘리며 꺼지려 하는 것을.
보아라, 푸른 달빛과 같은 애처로운 꿈이 아니뇨.

오, 춤추는 사람들의 애젊은 환영이여.
눈물짓는 촛불의 가냘픈 숨결이여.

舞臺

거믜줄로짠 灰色옷을입은 젊은사나희.
흰배암 紋儀로 몸을꾸민 어엽분새악시.

젊은이들은 철업시반기며 妙한춤을추도다.

아, 그러나 香爐의연긔는 가늘게써올나라.
조용한촉불은 눈물을흘리며 써지려하는 것을.
보아라, 푸른달빗과가튼 애처러운숨이아니뇨.

오, 춤추는사람들의 애젊은幻影이어.
눈물짓는촉불의 간엷힌숨결이어.

〈금성 1924. 5〉

봄은 고양이로다

꽃가루와 같이 부드러운 고양이의 털에
고운 봄의 향기가 어리우도다.

금방울과 같이 호동그란 고양이의 눈에
미친 봄의 불길이 흐르도다.

고요히 다문 고양이의 입술에
포근한 봄 졸음이 떠돌아라.

날카롭게 쭉 뻗은 고양이의 수염에
푸른 봄의 생기가 뛰놀아라.

봄은 고양이로다

꽃가루와가티 부드러운 고양이의털에
고흔봄의 香氣가 어리우도다

금방울가티 호동그란 고양이의눈에
밋친봄의 불길이 흐르도다.

고요히 다물은 고양이의입술에
폭은한 봄졸음이 써돌아라.

날카롭게 쏙쌔든 고양이의수염에
푸른봄의 生氣가 쒸놀아라.

<금성 1924. 5>

석양구

바람소리는 아니고
실낱같은 소리가 있어
푸른 잎사귀 너머로
나직하게, 나직하게 들리도다.

멀리서 부르는 꿈 노랜지
야릇한 소리는 끊임없이
고운 향기에 녹아들어
쓸쓸한 이 가슴에 사무치어라.

가을에 속삭이는 물결같이
푸서린 설움이 흔드는 대로
나도 몰래 들 가의 지름길을
보리심은 언덕으로 오르나니

보아라, 새까만 큰 바위 사이에
높이 받든 성 마리아,

夕陽丘

바람소리는 안이고
실낫가튼 소리가 잇어
푸른 입사귀 넘어로
나직하게 나직하게 들니도다.

멀니서 불으는 숨노랜지
야릇한 소리는 끈임업시
고은 향긔에 녹아들어
쓸쓸한 이가삼에 사모치어라.

가을에 속색이는 물결가티
풋어린 설음이 흔드는대로
나도몰내 들가의 지름길을
보리심은 언덕으로 오르나니

보아라, 새쌈안 큰 바우새이에
놉히 밧들은 聖마리아,

새맑은 모래 위에 꿇앉으며
우러르고 꾸부린 수녀들을

두 팔을 가슴 위에 맞대고
끝없이 기리는 독경讀經의 소리
혹시 떨리고 혹시 그윽하여
수녀들은 성상聖像 밑에 깃들이도다.

오, 신앙의 기쁨이여
넘치는 영광에 젖은 수녀들의 소리여
나의 고달픈 영靈, 거친 몸은
무거운 묵시默示에 느껴 운다.

어느덧 늦은 바람은 한숨짓고
빗발 같은 사양斜陽을 가로 받은
교당敎堂의 붉은 벽돌, 둥그런 유리창琉璃廠은
갸륵한 금金빛에 빛나라.

아, 지금 수녀들의 고운 소리는

새맑은 모래우에 쉴안지며
우럴으고 싯푸린 修女들을

두팔을 가슴우에 맛대이고
싯업시 길이는 讀經의 소리
或시 떨니고 或시 그윽하야
修女들은 聖像밋헤 깃드리도다.

오, 信仰의 깃붐이어
넘치는 榮光에 저즌 修女들의 소리여
나의 고달핀靈, 거츠른 몸은
무거운 默示에 늣겨울다.

어느듯 느진 바람은 한숨짓고
빗발가튼 斜陽을 가로바든
敎堂의 붉은 벽돌, 둥그런 琉璃窓은
갸륵한 금빗에 빗나여라

아, 지금 수녀들의 고은 소리는

동산 넘어 깊이도 사라지고

물같이 갈앉은 모래언덕은

속 아픈 명상冥想에 저물어간다.

동산 넘어 깁히도 사라지고

물가티 가란진 모래언덕은

속압흔 瞑想에 저물어간다.

〈신여성 1925. 2〉

하일소경

운모같이 빛나는 서늘한 테이블.

부드러운 얼음, 설탕, 우유.

피보다 무르녹은 딸기를 담은 유리잔.

얇은 옷을 입은 적이 고달픈 새색시는

기름한 속눈썹을 깔아 매치며

가냘픈 손에 든 은사 실로

유리잔의 살찐 딸기를 부수노라면

담홍색의 청량제가 꽃물같이 흔들린다.

은사 실에 옮기인 꽃물은

새색시의 고요한 입술을 앵두보다 곱게도 물들인다.

새색시는 달콤한 꿈을 마시는 듯

그 얼굴은 푸른 잎사귀같이 빛나고

콧마루의 수은 같은 땀은 벌써 사라졌다.

그것은 맑은 하늘을 비추인 작은 못 가운데서

거울같이 피어난 연꽃의 이슬을

헤엄치는 백조가 삼키는 듯하다.

夏日小景

雲母가티 빗나는 서늘한 테─블.

부드러운 얼음, 설탕, 牛乳.

피보다 무르녹은 쌀기를 담은 瑠璃盞

얄븐 옷을 입은 저윽히 고달핀 새악시는

길음한 속눈섭을 싸라매치며

간열핀 손에 들은 銀사실로

瑠璃盞의 살찐 쌀기를 색시노라면

淡紅色의 淸涼劑가 샛물가티 흔들린다.

銀사실에 옮기인 샛물은

새악시의 고요한 입살을 앵도보다 곱게도 물들인다.

새악시는 달콤한 꿈을 마시는 듯

그 얼굴은 푸른 입사귀가티 빗나고

코ㅅ마루의 水銀가튼 쌈은 발서 사라젓다.

그것은 밝은 한울을 비최인 적은 못가운대서

거울가티 피여난 蓮쏫의 이슬을

휘염치는 白鳥가 삼키는듯하다.

〈신민 1926. 8〉

동경

여린 안개 속에 녹아든
쓸쓸하고도 낡은 저녁이
어디선지 물같이 기어와서
회색의 꿈 노래를 아뢰며
갈대같이 가냘픈 팔로
끝없이 나의 몸을 둘러주도다.

야릇하여라.
나의 가슴 속 깊이도 갈앉아
가늘게 고달픈 숨을 쉬고 있던
핼푸른 옛 생각은
다시금 꾸물거리며 느껴 운다.

아, 이러할 때
무덤같이 잠잠한 모래 언덕 위에
무릎을 껴안고 시름없이 앉은

憧憬

여린 안개 속에 눅아든
쓸쓸하고도 낡은 저녁이
어듸선지 물가티 긔어와서
灰色의 꿈노래를 알외이며
갈대가티 간열핀 팔로
긋업시 나의 몸을 둘너주도다

야릇도 하여라
나의 가삼속 깁히도 가란저
가늘게 고달핀 숨을 수이고잇든
햘푸른 옛생각은
다시금 꾸믈거리며 늣겨울다.

아, 이러할째
무덤가티 잠잠한 모래두던우에
무릅을 쩌안고 실음업시 안즌

이 나의 거친 머리카락은
나뭇잎을 스치는 바람결에
갈가리 나부끼어라.

반원을 커다랗게 그리는
동녘 하늘 끝에
조그만 샛별이 떠 있어
성자같이 늘어선 숲 너머로
언제 보아도 혼자일러라.
선잠에서 눈뜬 샛별은
싸늘한 나의 뺨같이 떨며
은빛 진 미소를 보내나니.

외떨어진 샛별이여,
내려 봄이 어디이런가.
남빛에 흔들리는 바다이런가.
바다이면 아마도 섬이 있고
섬이면 고운 꽃피는 수국水國이리라.
오, 어쩔 수 없는 머나먼 동경이여.

이 나의 거츠른 머리칼은
나무입을 스치는 바람결에
갈갈이 나붓기어라

半圓을 크다랏케 그리는
東녁 한울싯에
조고만 샛별이 써잇서
聖者가티 느려선 숨넘으로
언제보아도 혼자일러라
선잠에서 눈썬 샛별은
싸늘한 나의 쌤가티 썰며
銀빗진 微笑를 보내나니.

외써러진 샛별이어,
내리봄이 어듸런가,
藍빗에 흔들리는 바다런가,
바다이면 아마도 섬이잇고
섬이면은 고은 곳피는 水國이리라,
오, 이절수업는 머나먼 憧憬이어.

흐르는 구름에 실려서라도
나는 가련다. 가지 않고 어이하리.
얄밉게도 지금은
수국水國의 꽃 숲으로 돌아가 버린
그러나 그리운 옛 임을 뵐까 하여.

그러면 임이여,
혹시 그대의 문을 두드리거든
젊어서 시들은 나의 혼魂을
끝없는 안식安息에 며 감게 하소서.

아, 저 언덕에 울리도다.
마리아의 은은한 쇠북소리에,
저녁은 갈수록 한숨지어라.

흐르는, 구름에 실려서라도
나는 가련다, 가지안코 어이하리,
얄밉게도 지금은
水國의 꽃숩으로 돌아가버린
그러나 그리운 녯님을 뵈올가하야.

그러면 님이어,
或시 그대의 門을 두다리거든
젊어서 시들은 나의 魂을
꿋업는 安息에 멱감게하소서.

아, 저두던에 울리도다,
마리아의 은은한 쇠북소래,
저녁은 갈사록 한숨지어라.

<신여성 1924. 12>

겨울의 모경

—— 도회시편 ——

큰 거리는 저문 연기에 젖어
　　동정이 몽롱하고
녹슨 무쇠 같은
　　둔중한 냄새가 잠겨 흐른다.
그러나 가다가는
　　앓는 소리 은은한 전차가
물오른 풀잎 같은
　　뾰족한 신경을 드러내고
때 아닌 푸른 꽃을
　　허공에 날리기도 한다.
길바닥은
　　얼어서 죽은 구렁이 같이 뻗으러졌고
그 위를
　　세찬 바람이 돛을 달고 달아나면
야릇한 군소리가
　　눈물에 떨어 그윽이 들린다.

겨울의 暮景

—— 都會詩篇 ——

큰 거리는 저물은 연기에 저저
    動靜이 몽롱하고
녹설은 무쇠가튼
    鈍重한 냄새가 잠겨 흐른다
그러나 가다가는
    알는 소리 은은한 電車가
물오른 풀입가튼
    쇘죽한 神經을 들어내고
째안인푸른촛을
    虛空에 날니기도한다
길바닥은
    얼에서 죽은 구렁이가티 쌔드러젓고
그우를
    새찬 바람이 돗을달고 다르나면
야릇한 군소리가
    눈물에 썰어 그윽히 들닌다

잘 주절대고 하이칼라인
　　　　제비의 유령이
불룩한 검정 외투를 휘감고 비틀거리는
　　　　사이에 있어서
흐린 은결같이 허여스름한 옷 그림자가
　　　　고요히 움직인다.
구름인지 안개인지 너머로
　　　　핏줄 선 눈알같이 불그레함은
마지막으로 넘어가는
　　　　날 볕의 얼굴이 숨어있음이라
이들 눈에 드는 모든 것이
　　　　저마다 김을 뿜어서
그는 환등의 영사막이며
　　　　침울한 데생을 보는 듯하다

잘 지절대고 하이카라인

      재비의 幽靈이

불눅한 검증 外套를 휘감고 비털거리는

      사이에 잇서서

흐린 銀ㅅ결가티 희수름한 옷 그림자가

      고요히 움즉인다

구름인지 안개인지 넘으로

      피ㅅ줄 선 눈알가티 붉으레함은

마즈막으로 넘어가는

      날볏의 얼굴이 숨어 잇슴이라

이들 눈에 드는 모든 것이

      저마다 김을 쏨어서

그는 幻燈의 映寫膜이며

      沈鬱한 쎄ㅅ산을 보는듯하다

              〈신민 1926. 1〉

고양이의 꿈

시내 위에 돌다리,
달 아래 버드나무.
봄 안개 어리인 시냇가에, 푸른 고양이
곱다랗게 단장하고 빗겨 있소, 울고 있소.
기름진 꼬리를 쳐들고
밝은 애달픈 노래를 부르지요.
푸른 고양이는 물오른 버드나무에 스르르 올라가
버들가지를 안고 버들가지를 흔들며
또 목 놓아 웁니다, 노래를 부릅니다.

멀리서 검은 그림자가 움직이고,
칼날이 은같이 번쩍이더니,
푸른 고양이도 볼 수 없고,
꽃다운 소리도 들을 수 없고,
그저 쓸쓸한 모래 위에 선혈이 흘러 있소.

고양이의 꿈

시내우에 돌다리,
달아래 버드나무,
봄안개 어리인 시내ㅅ가에, 푸른 고양이
곱다랗게 단장하고 빗겨잇소, 울고잇소,
기름진 꼬리를 치들고
밝은 애닮은 노래를 부르지요.
푸른 고양이는 물올은 버드나무에 스르르 올라가
버들가지를 안고 버들가지를 흔들며
쏘 목노아 웁니다, 노래를 불읍니다.

멀리서 검은 그림자가 움즉이고
칼날이 銀가티 번쩍이더니,
푸른 고양이도 볼 수 업고,
꽃다운 소리도 들을 수 업고,
그저 쓸쓸한 모래우에 鮮血이 흘러잇소.

〈생장 1925. 5〉

겨울밤

눈비는 개었으나
흰 바람은 보이는 듯하고
싸늘한 등불은 거리에 흘러
거리는 푸르른 유리창
검은 예각이 미끄러져 간다.

고드름 매달린
저기 저 처마 끝에
서울의 망령이 떨고 있다
풍지같이 떨고 있다.

겨울밤

눈비는 개였으나

흰 바람은 보이듯하고

싸느란 등불은 거리에 흘러

거리는 푸르른 琉璃窓

거먼 銳角이 미끄러간다.

고드름 매달린

저기 저 처마 끝에

서울의 亡靈이 썰고 잇다.

풍지가티 썰고 잇다.

<생장 1925. 5>

비오는 날

쓸쓸한 정서는
커튼을 잡아 늘이며
창 너머 빗소리를 듣고 있더니
불현듯 도깨비의 걸음걸이로
몽롱한 우경에 비틀거리며
뜰에 핀 선홍의 진달래꽃을
함부로 뜯어 입에 물고
다시 머―ㄴ 버드나무를 안고 돌아라

비오는 날

쓸쓸한 情緒는
카―텐을 잡아늘이며
窓너머 비소리를 듣고 잇더니
불현 듯 도까비의 걸음걸이로
몽롱한 雨景에 비털거리며
쓸에핀 鮮紅의 진달내꼿을
함부로 뜯어 입에물고
다시 머―ㄴ 버드나무를 안고 돌아라.

<여명 1925. 9>

사상

끔찍한 행렬이로다.

군대도 아니요 여상도 아니요 코끼리도 아니요

꿈같이 솟은 피라미드너머로

기다란 형상이 움직이도다.

아아, 어스름한 달 아래

그는 쓸쓸한 광영의 물결이런가.

물결은 물결을 쫓으며 끝없이 움직이도다.

이 전경에 흐르는 정조

야릇한 정조에 잠기게 하여라.

환상의 범선을 띄우게 하여라.

사상의 바람은 끊이지 않고

멀리로서 해조의 울음소리 들리어라

沙上

슴직한 行列이로다

軍隊도안이오 旅商도안이오 코기리도안이오

슘가티솟구은피라밋트넘으로

기달은形像이움직이도다

아아어스름달아래

그는쓸쓸한光影의물결이런가

물결은물결을쪼츠며씃업시움직이도다

이全景에흐르는情調

야릇한情調에잠기게하여라

幻想의帆船을씌우게하여라

沙上의바람은끈치지안코

멀니로서海潮의울음소리들니어라

〈신민 1925. 9〉

비인 집

실내를 떠도는 그윽한 냄새
좀먹은 비단의 쓸쓸한 냄새
눈물에 더럽힌 몽환의 침대
낡은 벽을 의지한 피아노
커다란 말라버린 달리아
파랗게 흉하게 여윈 고양이
언제든지 모暮색을 띤 숲속에
코끼리 같은 고풍의 비인 집이 있다

비인집

室內를써도는그윽한냄새
좀먹은緋緞의쓸쓸한냄새
눈물에더럽힌夢幻의寢臺
낡은壁을의지한피아노
크달은말러버린싸리아
파랏게숭업게여윈고양이
언재든지暮色을씌인숩속에
코기리가튼古風의비인집이잇다.

〈신민 1925. 9〉

달밤 모래 위에서

갈대 그림자 고요히 흩어진 물가의 모래를
사박 사박 사박 사박 거닐다가
나는 보았습니다, 아아 모래 위에
자빠진 청개구리의 불룩하고 하이얀 배를
그와 함께 나는 맡았습니다.
야릇하고 은은한 죽음의 비린내를

슬퍼하는 이마는 하늘을 우러르고
푸른 달의 속삭임을 들으려는 듯
나는 모래 위에 말없이 섰더이다.

달밤모래우에서

갈대 그림자 고요히 흐터진 물가의 모래를
사박 사박 사박 사박 건일다가
나는 보앗습니다 아아 모래우에
잣버진 청개고리의 불눅하고 하이얀 배를
그와함씌 나는 맛텃습니다
야릇하고 은은한 죽음의 비린내를

슬퍼하는 이마는 하늘을 우르르고
푸른 달의 속색임을 들으랴는듯
나는 모래우에 말업시 섯더이다.

<신민 1925. 10>

연

애달프다
헐벗은 버들가지에
어느 때부터인지
연 하나 걸려있어
낡고 지쳐 가늘어졌나니
그는 가을바람에 우는
옛 생각의 그림자—ㄹ러라

연

애닯다

헐버슨 버들가지에

어느째부텀인지

연 한아 걸녀잇서

낡고 지처 가늘엇나니

그는 가을바람에 우는

넷생각의 그림자──ㄹ러라

〈신민 1925. 10〉

눈

고마워라

눈은 땅 위에 아낌없이 오도다.

배꽃보다 희도다.

너무나 아름다운 눈이기에

멀리 신성한 것을 이마에 느끼노라

아아, 더러운 이 몸을 어이하랴

고요한 속에

뉘우침만이 타오르다, 타오르다.

눈

고맙어라

눈은 싸우에 액김업시 오도다

배꼿보다 희도다

너무나 아름다운 눈이길래

멀니 신성한 것을 이마에 늣기노라

아아 더러운 이몸을 어이하랴

고요한 속에

뉘우침만이 타오르다 타오르다

<신민 1926. 11>

봄 하늘에 눈물이 돌다

동경의 비둘기를 높이 날려라.
흰 구름 조는 하늘 깊이에
마리아의 빛나는 가슴이 잠겨있나니.
커다란 사랑을 느끼는 봄이 되어도
봄은 나를 버리고 곁길로 돌아가다,
밝은 웃음과 강한 빛깔이 거리에 찼건만
나의 행복과 자랑은 미풍에 녹아 사라졌도다.

사람세상을 등진 오랫동안
권태와 우울과 참회로 된 무거운 보통일 둘러매고
테두리가 넓은 검정 모자를 숙여 쓰고
때로 호젓한 어둔 골목을 헤매다가
싸늘한 돌담에 기대며
창틈으로 흐르는 피아노가락에 귀를 기울이고
추억의 환상의 신비의 눈물을 지우더니라.

봄하눌에눈물이돌다

憧憬의비들키를놉히날녀라,
흰구름조으는하눌깁히에
마리아의빗나는가삼이잠겨잇나니.
크달은사랑을늣기는봄이되어도
봄은나를버리고겻길로돌아가다,
밝은웃음과강한빗갈이거리에찻건만
나의행복과자랑은微風에녹아사라젓도다.

사람세상을등진채오래ㅅ동안
倦怠와憂鬱과懺悔로된무거운보퉁이를둘너매고
가상이넓은검정모자를숙여쓰고
째로호젓한어둔골목을헤매이다가
싸늘한돌담에긔대이며
窓틈으로흐르는피아노가락에귀를기우리고
追憶의幻想의神秘의눈물을지우더니라.

봄날 허물어진 사구 위에 앉아
은실같이 고운 먼 시내를 바라보다가
물오른 풀잎을 깨물며
외로운 위로삼아 시 읊기도 하더니만
그마저도 을씨년스러워 인제는 옛 꿈이 되었노라.

아아, 나의 고달픈 혼이여
잃어진 봄이 다시 오랴 감은 눈을 뜨고
동경의 비둘기를 높이 날려라.

봄날허무러진沙丘위에안저

은실가티고은먼시내를바래보다가

물올은풀입을깨물으며

외로운慰勞삼아詩읊기도하더니만

그마저도얼슨연스뤄인저는녯꿈이되엇노라.

아아나의고달픈魂이어

일허진봄이다시오랴감은눈을쓰고

憧憬의비들키를놉히날녀라.

〈여명 1926. 6〉

들에서

먼 숲 위를 밟으며
빗발은 지나갔도다.

고운 햇빛은 내리부어
풀잎에 물방울 사랑스럽고
종달새 구슬을 굴리듯 노래 불러라.

들과 하늘은 서로 비추어
푸른빛이 바다를 이루었나니
이 속에 숨 쉬는 모든 것의 기쁨이여

홀로 밭길을 거닐매
맘은 개구리같이 젖어버리다

들에서

먼 숩우를 밟으며
비ㅅ발은 지나갓도다

고흔 해빗츤 내리부어
풀닙헤 물방울 사랑스럽고
종달새 구슬을 굴니듯 노래불러라

들과 하늘은 서로 비최어
푸른빗치 바다를 이루엇나니
이속에 숨쉬는 모든 것의 깃븜이어

홀노 밧길을 거니매
맘은 개고리가티 저저버리다.

<신민 1926. 11>

쓸쓸한 시절

어느덧 가을은 깊어
들이든 산이든 숲이든
모두 파리해 있다

언덕 위에 오뚝이 서서
개가 짖는다.
날카롭게 짖는다.

비—ㄴ 들에
마른 잎 태우는 연기
가늘게, 가늘게 떠오른다.

그대여
우리들 머리 숙이고
고요히 생각할 그때가 왔다.

쓸쓸한 시절

어느덧 가을은 깊어
들이든 뫼이든 숲이든
모다 파리해 잇다

언덕 우에 오뚝이 서서
개가 짓는다
날카롭게 짓는다

비ㅡㄴ 들에
마른잎 태우는 연기
가늘게 가늘게 떠오른다

그대여
우리들 머리 숙이고
고요히 생각할 그쌔가 왔다.

<발표지 불명. 「상화와 고월」 전재>

가을밤

창을 닫은 가게는 고요히 늘어섰고
서리와 함께 달빛은 내리는데
잎사귀 지는 길가의 나무 밑을
내 홀로 거니노라,
활동사진관에서
아까 구경한
피에로의 서러운 신세를 생각하며.

가을ㅅ밤

창을 닫은 가개는 고요히 늘어섯고
서리와함씌 달빗은 나리는대
닢사귀 지는 길ㅅ가의 나무밑을
내 홀로 거니노라,
활동사진관에서
앗가 구경한
삐에로의 쓸업은 신세를 생각하며.

<조선문단 1927. 3>

여름밤 공원에서

풀은 자라
머리털같이 자라 향기롭고,
나뭇잎에, 나뭇잎에
등불은 기름같이 흘러 있소.

분수는 이끼 돋은
돌 위에 빛납니다.
저기, 푸른 안개 너머로
벤치에 쓰러진 사람은 누구입니까.

녀름ㅅ밤 公園에서

풀은 잘어
머리털가티 잘어 향긔롭고,
나무닙헤, 나무닙헤
등불은 기름가티 흘러잇소.

噴水는 잇기 도든
돌우에 빗납니다.
저긔, 푸른 안개넘어로
쎈취에 슬어진 사람은 누구임닛가.

〈여시 1928. 6〉

눈은 내리네

이 겨울의 아침을
눈은 내리네.

저 눈은 너무 희고
저 눈의 소리 또한 그윽하므로
내 이마를 숙이고 빌까 하노라.

임이어 설운 빛이
그대의 입술을 물들이나니
그대 또한 저 눈을 사랑하는가.

눈은 내리어
우리 함께 빌 때일러라.

눈은 나리네

이겨울의 아츰을
눈은 나리네.

저눈은 너무 희고
저눈의 소리 쏘한 그윽함으로
내 이마를 숙이고 빌가하노라.

님이어 설은 비치
그대의 입설을 물들이나니
그대 쏘한 저눈을 사랑하는가.

눈은 나리어
우리 함끠 빌새러라.

〈신민 1927. 6〉

봄철의 바다

저기 고요히 멈춘
기선의 굴뚝에서
가는 연기가 흐른다.

엷은 구름과
낮 겨운 햇빛은
자장가처럼 정답구나.

실바람 물살 지우는 바다 위로
나지막하게 Vo— 우는
기적의 소리가 들린다.

바다를 향하여 기울어진 풀언덕에서
어느덧 나는
휘파람 불기에도 피곤하였다.

봄철의 바다

저긔 고요히 멈춘
긔선의 굴둑에서
가늘은 연긔가 흐른다.

열븐 구름과
낫겨운 해비츤
자장가처럼 정다웁고나.

실바람 물살지우는 바다위로
나직하게 Vo— 우는
긔적의 소리가 들닌다.

바다를 향하여 긔우러진 풀두던에서
어느듯 나는
휘파람 불기에도 피곤하였다.

〈신민 1927. 6〉

저녁

지는 햇빛을 받은 나뭇가지에
잘 새들 날아들어 우짖더니만
어느덧 그 소리도 그쳐버리고
넓은 들에 그림자 깊어지누나.

저기 산비탈의 작은 마을과
언덕에 늘어서 있는 나무 나무는
모두 구름과 함께 희미하여라.
아아 이 날도 벌써 저물었는가.

저녁

지는 해비츨 바든 나무가지에
잘새들 나라들어 우짓더니만
어느듯 그소리도 긋처버리고
넓은 들에 그림자 깁허지누나.

저긔 산비탈의 적은 마을과
언덕에 늘어섯는 나무나무는
모다 구름과 함께 희미하여라.
아아 이날도 벌서 저물엇는가.

<신민 1927. 8>

어느 밤

저녁때 개구리 울더니
마침내 밤을 타서 비가 내리네.

여름이 와도 오히려 쓸쓸한
우리 집 뜰 위에 소리도 그윽하게
비가 내리네.

그러나 이것은 또 어인 일인가
어디선지
한 마리 벌레 소리 이따금
들리누나.

지금은 아니 우는 개구리같이
내 마음 그지없이 그윽하여라
고적하여라.

어느밤

저녁째개고리 울더니
마츰내 밤을타서비가나리네

녀름이 와도 오히려쓸쓸한
우리집 쓸우에 소리도 그윽하게
비가 나리네.

그러나 이것은 쏘 어인일가
어대선지
한머리 버레 소리 잇다금
들리누나.

지금은 안이우는 개고리가치
내마음 그지업시 그윽하여라
고적하여라.

<발표지 불명. 「중외일보」 1929. 11. 14 전재>

저녁 2

버들가지에 내 끼이고,
물 위에 나는 제비는
어느덧 그림자를 감추었다.

그윽이 빛나는 냇물은
가는 풀을 흔들며 흐르고 있다.
무엇인지 모르는 말 중얼거리며 흐르고 있다.

누군지 다리 위에 망연히 섰다.
검은 그 양자 그립구나.
그도 나같이 이 저녁을 쓸쓸히 지내는가.

저녁 2

버들 가지에 내 씨이고
물우에 나르는 제비는
어느듯 그림자를 감추엇다.

그윽히 빗나는 내ㅅ물은
가는 풀을 흔들며 흐르고잇다.
무엇인지 모르는말 중얼거리며 흐르고잇다.

누군지 다리우에 망연히 섯다.
검은 그양자 그리웁고나,
그도 날가티 이저녁을 쓸쓸히 지내는가.

〈여시 1928. 6〉

귀뚜라미

작은 까무스름한 귀뚜라미여
어찌하여 이 방에 들어왔는가?
램프의 불빛이 그리워서인가
이 방의 임자가 그리워서인가

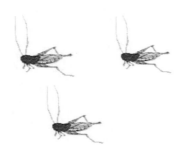

귓드람이

적은 쌈우수룸한 귓드람이어
엇지하여 이방에 들어왓는가
람프의 불비치 그리워선가
이방의 임자가 그리워선가

〈신민 1929. 1〉

벌레우는 소리

밤마다 울던 저 벌레는
오늘도 마루 밑에서 울고 있네.

저녁에 빛나는 냇물같이
벌레우는 소리는 차고도 쓸쓸하여라

밤마다 마루 밑에서 우는 벌레 소리에
내 마음 한없이 이끌리나니

버레우는 소리

밤마다 울든 저버래는
오늘도 마루미테서 울고있네

저녁에 빗나는 냇ㅅ물가치
버레 우는 소리는 차고도 쓸ㅅ하여라

밤마다 마루미테서 우는 버레소리에
내마음 한업시 이끌리나니

〈신민 1929. 1〉

눈 나리는 날

아이와 바둑이는 눈을 맞으며
뜰에서 눈과 함께 노닐고 있네.

눈나리는 날

아이와 바둑이는 눈을마즈며
뜰에서 눈과함께 노닐고잇네.

〈문예공론 1929. 5〉

적은 노래

고요한 이 한밤에
이웃의 늙은이는
고담 책을 읽는구나.

이따금 개구리는
앞 내서 우는구나.
개굴개굴 우는구나.

잠 못 이루는 나는
흰 벽을 바라보며
옛 생각에 잠기나니.

적은 노래

고요한 이 한밤에
니웃의 늙은이는
고담책을 읽는고야.

잇다금 개고리는
압내서 우는고야
개골개골 우는고야

잠못니루는 나는
흰벽을 바라보며
넷생각에 잠기나니.

<문예공론 1929. 5>

봉선화

아무것도 없던 우리 집 뜰에
언제 누가 심었는지 봉선화가 피었네.
밝은 봉선화는
이 어두컴컴한 집의 정다운 등불이다.

봉선화

아무것도업든 우리집 쓸에
언제 누가 심엇는지 봉선화가 피엿네.
밝은 봉선화는
이 어둠컴ㅅ한 집의 정다운 등불이다.

<문예공론 1929. 5>

여름밤

여름밤 저자의 밝은 길이여
등불 그리는 나비같이
모여들어 거니는 사람들이여
이 길은 아름다운 시내 같구나.

여름밤

여름밤 저자의 밝은 길이여
등불 그리는 나비 같이
모여들어 거니는 사람들이어
이 길은 아름다운 시내 같고나

〈발표지 불명. 「상화와 고월」 전재〉

방랑의 혼

어둔 밤 갠 하늘에
가없는 별빛이 흐를 때
시들은 넋을 훕싸 안고
동東으로 서西로 헤매는 그는 누구이뇨?
오— 흰 옷 입은 사람이라오.

쌀쌀한 바람 부는 광야曠野로
눈물 흘려 비틀 걸음 치면서
비운悲運의 너의 몸이
어디를 가려는가?

애달프다, 인간이란 다 같은
요람에서 묘墓까지의 길손이건마는
쫓기어 가는 가엾은 이 몸의
가려는 길이나 막지 말아다오

방랑의 혼

어둔 밤 갠 하늘에
가이없는 별빛이 흐를 때
시들은 넋을 휩싸 안고
東으로 西으로 헤매는 그는 누구뇨?
오— 흰 옷 입은 사람이라오.

쌀쌀한 바람 부는 曠野로
눈물 흘려 비틀 걸음 치면서
悲運의 너의 몸이
어데를 가려는가

애달파라 인간이란 다 같은
요람에서 墓까지의 길손이언마는
쫓기어 가는 가엾은 이 몸의
가려는 길이나 막지 말아다오

바람에 불리는 갈대 잎 같이
방향 없이 떠나가는 너의 몸이
어느 곳에서 이 생生을 마치려나.

방랑의 길을 떠나는 이여
시뻘건 육肉의 몸뚱이는 죽어도
떠나온 네 혼만은 살리라
오— 방랑의 혼아

바람에 불리는 갈대 잎 같이
방향 없이 떠나가는 너의 몸이
어느 곳에서 이 生을 마치려나

방랑의 길을 떠나는 이여
시뻘건 肉의 몸뚱이는 죽어도
떠나온 네 혼만은 살리라
오— 방랑의 혼아

<조선일보 1925. 3. 30>

연

어느 아이가 띄우다가 날린 것인가,
전선줄에 한들한들 걸려있는 연—

바람, 비, 눈에 시달려
종이는 찢어지고, 꼬리는 잘리고,
살만이 앙상히 남아있구나.

아아, 그것은 나의 영靈이런가.

연

어느 아이가 띄우다가 날린 것인가,
전선줄에 한들한들 걸려있는 연—

바람, 비, 눈에 시달려
종이는 찢어지고, 꼬리는 잘리고,
살만이 앙상히 남아 있고나.

아아, 그것은 나의 靈이런가.

              〈현대문학 97호 1963. 1〉

이장희의 시 따라 쓰기

청천의 유방

어머니 어머니라고

어린마음으로 가만히 부르고 싶은

푸른 하늘에

따스한 봄이 흐르고

또 흰 볕을 놓으며

불룩한 유방이 달려있어

이슬 맺힌 포도송이보다 더 아름다워라

탐스런 유방을 볼 지어다

아아, 유방으로서 달콤한 젖이 방울지려하누나

이때야말로 애구의 정이 눈물겹고

주린 식탐이 입을 벌리도다.

이 무심한 식욕

이 복스러운 유방……

쓸쓸한 심령이여 쏜살같이 날지어다.

푸른 하늘에 날지어다.

실바람 지나간 뒤

임이시여
모르시나이까?

지금은
그리운 옛날 생각만이,
시들은 꽃
싸늘한 먼지
사그라진 촛불이
깃들인 제단을
고이고이 감돌면서
울음 섞어 속삭입니다.

무엇을 빌며
무엇을 푸념하는지요.

새 한 마리

날마다 밤마다
내 가슴에 품겨서
아프다 아프다고 발버둥치는
가엾은 새 한 마리.

나는 자장가를 부르며
잠재우려 하지만
그저 아프다 아프다고
울기만 합니다.

어느덧 자장가도
눈물에 떨고요.

불놀이

불놀이를
시름없이 즐기다가
아뿔싸! 부르짖을 때
벌써 내 손가락은
발갛게 되었더라.

봄날
비오는 봄날
파랗게 여윈 손가락을
고요히 바라보고
남모르는 한숨을 짓는다.

무대

거미줄로 짠 회색 옷을 입은 젊은 사나이.
흰 배암 문의紋儀로 몸을 꾸민 어여쁜 새악씨.

젊은이들은 철없이 반기며 묘한 춤을 추도다.

아, 그러나 향로의 연기는 가늘게 떠올라라.
조용한 촛불은 눈물을 흘리며 꺼지려 하는 것을.
보아라, 푸른 달빛과 같은 애처로운 꿈이 아니뇨.

오, 춤추는 사람들의 애젊은 환영이여.
눈물짓는 촛불의 가냘픈 숨결이여.

봄은 고양이로다

꽃가루와 같이 부드러운 고양이의 털에
고운 봄의 향기가 어리우도다.

금방울과 같이 호동그란 고양이의 눈에
미친 봄의 불길이 흐르도다.

고요히 다문 고양이의 입술에
포근한 봄 졸음이 떠돌아라.

날카롭게 쭉 뻗은 고양이의 수염에
푸른 봄의 생기가 뛰놀아라.

석양구

바람소리는 아니고
실낱같은 소리가 있어
푸른 잎사귀 너머로
나직하게, 나직하게 들리도다.

멀리서 부르는 꿈 노랜지
야릇한 소리는 끊임없이
고운 향기에 녹아들어
쓸쓸한 이 가슴에 사무치어라.

가을에 속삭이는 물결같이
푸서린 설움이 흔드는 대로
나도 몰래 들 가의 지름길을
보리심은 언덕으로 오르나니

보아라, 새까만 큰 바위 사이에
높이 받든 성 마리아,

새맑은 모래 위에 꿇앉으며
우러르고 꾸부린 수녀들을

두 팔을 가슴 위에 맞대고
끝없이 기리는 독경讀經의 소리
혹시 떨리고 혹시 그윽하여
수녀들은 성상聖像 밑에 깃들이도다.

오, 신앙의 기쁨이여
넘치는 영광에 젖은 수녀들의 소리여
나의 고달픈 영靈, 거친 몸은
무거운 묵시默示에 느껴 운다.

어느덧 늦은 바람은 한숨짓고
빗발 같은 사양斜陽을 가로 받은
교당敎堂의 붉은 벽돌, 둥그런 유리창琉璃廠은
갸륵한 금金빛에 빛나라.

아, 지금 수녀들의 고운 소리는

동산 넘어 깊이도 사라지고

물같이 갈앉은 모래언덕은

속 아픈 명상冥想에 저물어간다.

하일소경

운모같이 빛나는 서늘한 테이블.

부드러운 얼음, 설탕, 우유.

피보다 무르녹은 딸기를 담은 유리잔.

얇은 옷을 입은 적이 고달픈 새색시는

기름한 속눈썹을 깔아 매치며

가냘픈 손에 든 은사 실로

유리잔의 살찐 딸기를 부수노라면

담홍색의 청량제가 꽃물같이 흔들린다.

은사 실에 옮기인 꽃물은

새색시의 고요한 입술을 앵두보다 곱게도 물들인다.

새색시는 달콤한 꿈을 마시는 듯

그 얼굴은 푸른 잎사귀같이 빛나고

콧마루의 수은 같은 땀은 벌써 사라졌다.

그것은 맑은 하늘을 비추인 작은 못 가운데서

거울같이 피어난 연꽃의 이슬을

헤엄치는 백조가 삼키는 듯하다.

동경

여린 안개 속에 녹아든
쓸쓸하고도 낡은 저녁이
어디선지 물같이 기어와서
회색의 꿈 노래를 아뢰며
갈대같이 가냘픈 팔로
끝없이 나의 몸을 둘러주도다.

야릇하여라.
나의 가슴 속 깊이도 갈앉아
가늘게 고달픈 숨을 쉬고 있던
햇푸른 옛 생각은
다시금 꾸물거리며 느껴 운다.

아, 이러할 때
무덤같이 잠잠한 모래 언덕 위에
무릎을 껴안고 시름없이 앉은

이 나의 거친 머리카락은
나뭇잎을 스치는 바람결에
갈가리 나부끼어라.

반원을 커다랗게 그리는
동녘 하늘 끝에
조그만 샛별이 떠 있어
성자같이 늘어선 숲 너머로
언제 보아도 혼자일러라.
선잠에서 눈뜬 샛별은
싸늘한 나의 뺨같이 떨며
은빛 진 미소를 보내나니.

외떨어진 샛별이여,
내려 봄이 어디이런가.
남빛에 흔들리는 바다이런가.
바다이면 아마도 섬이 있고
섬이면 고운 꽃피는 수국水國이리라.
오, 어쩔 수 없는 머나먼 동경이여.

흐르는 구름에 실려서라도
나는 가련다. 가지 않고 어이하리.
얄밉게도 지금은
수국水國의 꽃 숲으로 돌아가 버린
그러나 그리운 옛 임을 뵐까 하여.

그러면 임이여,
혹시 그대의 문을 두드리거든
젊어서 시들은 나의 혼魂을
끝없는 안식安息에 몌 감게 하소서.

아, 저 언덕에 울리도다.
마리아의 은은한 쇠북소리에,
저녁은 갈수록 한숨지어라.

겨울의 모경

——도회시편——

큰 거리는 저문 연기에 젖어
　　　　동정이 몽롱하고
녹슨 무쇠 같은
　　　　둔중한 냄새가 잠겨 흐른다.
그러나 가다가는
　　　　앓는 소리 은은한 전차가
물오른 풀잎 같은
　　　　뾰족한 신경을 드러내고
때 아닌 푸른 꽃을
　　　　허공에 날리기도 한다.
길바닥은
　　　　얼어서 죽은 구렁이 같이 뻗으러졌고
그 위를
　　　　세찬 바람이 돛을 달고 달아나면
야릇한 군소리가
　　　　눈물에 떨어 그윽이 들린다.

잘 주절대고 하이칼라인

　　제비의 유령이

불룩한 검정 외투를 휘감고 비틀거리는

　　사이에 있어서

흐린 은결같이 허여스름한 옷 그림자가

　　고요히 움직인다.

구름인지 안개인지 너머로

　　핏줄 선 눈알같이 불그레함은

마지막으로 넘어가는

　　날 볕의 얼굴이 숨어있음이라

이들 눈에 드는 모든 것이

　　저마다 김을 뿜어서

그는 환등의 영사막이며

　　침울한 데생을 보는 듯하다

고양이의 꿈

시내 위에 돌다리,
달 아래 버드나무.
봄 안개 어리인 시냇가에, 푸른 고양이
곱다랗게 단장하고 빗겨 있소, 울고 있소.
기름진 꼬리를 쳐들고
밝은 애달픈 노래를 부르지요.
푸른 고양이는 물오른 버드나무에 스르르 올라가
버들가지를 안고 버들가지를 흔들며
또 목 놓아 웁니다, 노래를 부릅니다.

멀리서 검은 그림자가 움직이고,
칼날이 은같이 번쩍이더니,
푸른 고양이도 볼 수 없고,
꽃다운 소리도 들을 수 없고,
그저 쓸쓸한 모래 위에 선혈이 흘러 있소.

겨울밤

눈비는 개었으나
흰 바람은 보이는 듯하고
싸늘한 등불은 거리에 흘러
거리는 푸르른 유리창
검은 예각이 미끄러져 간다.

고드름 매달린
저기 저 처마 끝에
서울의 망령이 떨고 있다
풍지같이 떨고 있다.

비오는 날

쓸쓸한 정서는
커튼을 잡아 늘이며
창 너머 빗소리를 듣고 있더니
불현듯 도깨비의 걸음걸이로
몽롱한 우경에 비틀거리며
뜰에 핀 선홍의 진달래꽃을
함부로 뜯어 입에 물고
다시 머―ㄴ 버드나무를 안고 돌아라

사상

끔찍한 행렬이로다.

군대도 아니요 여상도 아니요 코끼리도 아니요

꿈같이 솟은 피라미드너머로

기다란 형상이 움직이도다.

아아, 어스름한 달 아래

그는 쓸쓸한 광영의 물결이런가.

물결은 물결을 좇으며 끝없이 움직이도다.

이 전경에 흐르는 정조

야릇한 정조에 잠기게 하여라.

환상의 범선을 띄우게 하여라.

사상의 바람은 끊이지 않고

멀리로서 해조의 울음소리 들리어라

비인 집

실내를 떠도는 그윽한 냄새
좀먹은 비단의 쓸쓸한 냄새
눈물에 더럽힌 몽환의 침대
낡은 벽을 의지한 피아노
커다란 말라버린 달리아
파랗게 흉하게 여윈 고양이
언제든지 모暮색을 띤 숲속에
코끼리 같은 고풍의 비인 집이 있다

달밤 모래 위에서

갈대 그림자 고요히 흩어진 물가의 모래를
사박 사박 사박 사박 거닐다가
나는 보았습니다, 아아 모래 위에
자빠진 청개구리의 불룩하고 하이얀 배를
그와 함께 나는 맡았습니다.
야릇하고 은은한 죽음의 비린내를

슬퍼하는 이마는 하늘을 우러르고
푸른 달의 속삭임을 들으려는 듯
나는 모래 위에 말없이 섰더이다.

연

애달프다
헐벗은 버들가지에
어느 때부터인지
연 하나 걸려있어
낡고 지쳐 가늘어졌나니
그는 가을바람에 우는
옛 생각의 그림자—ㄹ러라

눈

고마워라

눈은 땅 위에 아낌없이 오도다.

배꽃보다 희도다.

너무나 아름다운 눈이기에

멀리 신성한 것을 이마에 느끼노라

아아, 더러운 이 몸을 어이하랴

고요한 속에

뉘우침만이 타오르다, 타오르다

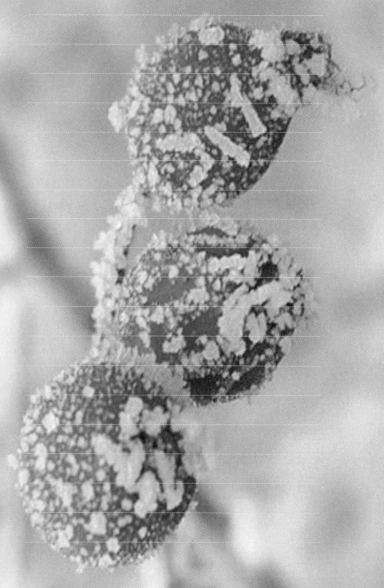

봄 하늘에 눈물이 돌다

동경의 비둘기를 높이 날려라.
흰 구름 조는 하늘 깊이에
마리아의 빛나는 가슴이 잠겨있나니.
커다란 사랑을 느끼는 봄이 되어도
봄은 나를 버리고 곁길로 돌아가다,
밝은 웃음과 강한 빛깔이 거리에 찼건만
나의 행복과 자랑은 미풍에 녹아 사라졌도다.

사람세상을 등진 오랫동안
권태와 우울과 참회로 된 무거운 보퉁일 둘러매고
테두리가 넓은 검정 모자를 숙여 쓰고
때로 호젓한 어둔 골목을 헤매다가
싸늘한 돌담에 기대며
창틈으로 흐르는 피아노가락에 귀를 기울이고
추억의 환상의 신비의 눈물을 지우더니라.

봄날 허물어진 사구 위에 앉아
은실같이 고운 먼 시내를 바라보다가
물오른 풀잎을 깨물며
외로운 위로삼아 시 읊기도 하더니만
그마저도 을씨년스러워 인제는 옛 꿈이 되었노라.

아아, 나의 고달픈 혼이여
잃어진 봄이 다시 오랴 감은 눈을 뜨고
동경의 비둘기를 높이 날려라.

들에서

먼 숲 위를 밟으며
빗발은 지나갔도다.

고운 햇빛은 내리부어
풀잎에 물방울 사랑스럽고
종달새 구슬을 굴리듯 노래 불러라.

들과 하늘은 서로 비추어
푸른빛이 바다를 이루었나니
이 속에 숨 쉬는 모든 것의 기쁨이여

홀로 밭길을 거닐매
맘은 개구리같이 젖어버리다

쓸쓸한 시절

어느덧 가을은 깊어
들이든 산이든 숲이든
모두 파리해 있다

언덕 위에 오뚝이 서서
개가 짖는다.
날카롭게 짖는다.

비—ㄴ 들에
마른 잎 태우는 연기
가늘게, 가늘게 떠오른다.

그대여
우리들 머리 숙이고
고요히 생각할 그때가 왔다.

가을밤

창을 닫은 가게는 고요히 늘어섰고
서리와 함께 달빛은 내리는데
잎사귀 지는 길가의 나무 밑을
내 홀로 거니노라,
활동사진관에서
아까 구경한
피에로의 서러운 신세를 생각하며.

여름밤 공원에서

풀은 자라
머리털같이 자라 향기롭고,
나뭇잎에, 나뭇잎에
등불은 기름같이 흘러 있소.

분수는 이끼 돋은
돌 위에 빛납니다.
저기, 푸른 안개 너머로
벤치에 쓰러진 사람은 누구입니까.

봄은 고양이로다 | 1

눈은 내리네

이 겨울의 아침을
눈은 내리네.

저 눈은 너무 희고
저 눈의 소리 또한 그윽하므로
내 이마를 숙이고 빌까 하노라.

임이어 설운 빛이
그대의 입술을 물들이나니
그대 또한 저 눈을 사랑하는가.

눈은 내리어
우리 함께 빌 때일러라.

봄철의 바다

저기 고요히 멈춘
기선의 굴뚝에서
가는 연기가 흐른다.

엷은 구름과
낮 겨운 햇빛은
자장가처럼 정답구나.

실바람 물살 지우는 바다 위로
나지막하게 Vo— 우는
기적의 소리가 들린다.

바다를 향하여 기울어진 풀언덕에서
어느덧 나는
휘파람 불기에도 피곤하였다.

저녁

지는 햇빛을 받은 나뭇가지에
잘 새들 날아들어 우짖더니만
어느덧 그 소리도 그쳐버리고
넓은 들에 그림자 깊어지누나.

저기 산비탈의 작은 마을과
언덕에 늘어서 있는 나무 나무는
모두 구름과 함께 희미하여라.
아아 이 날도 벌써 저물었는가.

어느 밤

저녁때 개구리 울더니
마침내 밤을 타서 비가 내리네.

여름이 와도 오히려 쓸쓸한
우리 집 뜰 위에 소리도 그윽하게
비가 내리네.

그러나 이것은 또 어인 일인가
어디선지
한 마리 벌레 소리 이따금
들리누나.

지금은 아니 우는 개구리같이
내 마음 그지없이 그윽하여라
고적하여라.

저녁 2

버들가지에 내 끼이고,
물 위에 나는 제비는
어느덧 그림자를 감추었다.

그윽이 빛나는 냇물은
가는 풀을 흔들며 흐르고 있다.
무엇인지 모르는 말 중얼거리며 흐르고 있다.

누군지 다리 위에 망연히 섰다.
검은 그 양자 그립구나.
그도 나같이 이 저녁을 쓸쓸히 지내는가.

귀뚜라미

작은 까무스름한 귀뚜라미여
어찌하여 이 방에 들어왔는가?
램프의 불빛이 그리워서인가
이 방의 임자가 그리워서인가

벌레우는 소리

밤마다 울던 저 벌레는
오늘도 마루 밑에서 울고 있네.

저녁에 빛나는 냇물같이
벌레우는 소리는 차고도 쓸쓸하여라

밤마다 마루 밑에서 우는 벌레 소리에
내 마음 한없이 이끌리나니

눈 나리는 날

아이와 바둑이는 눈을 맞으며
뜰에서 눈과 함께 노닐고 있네.

적은 노래

고요한 이 한밤에
이웃의 늙은이는
고담 책을 읽는구나.

이따금 개구리는
앞 내서 우는구나.
개굴개굴 우는구나.

잠 못 이루는 나는
흰 벽을 바라보며
옛 생각에 잠기나니.

봉선화

아무것도 없던 우리 집 뜰에
언제 누가 심었는지 봉선화가 피었네.
밝은 봉선화는
이 어두컴컴한 집의 정다운 등불이다.

여름밤

여름밤 저자의 밝은 길이여
등불 그리는 나비같이
모여들어 거니는 사람들이여
이 길은 아름다운 시내 같구나.

방랑의 혼

어둔 밤 갠 하늘에
가없는 별빛이 흐를 때
시들은 넋을 휩싸 안고
동東으로 서西로 헤매는 그는 누구이뇨?
오— 흰 옷 입은 사람이라오.

쌀쌀한 바람 부는 광야曠野로
눈물 흘려 비틀 걸음 치면서
비운悲運의 너의 몸이
어디를 가려는가?

애달프다, 인간이란 다 같은
요람에서 묘墓까지의 길손이건마는
쫓기어 가는 가엾은 이 몸의
가려는 길이나 막지 말아다오

바람에 불리는 갈대 잎 같이
방향 없이 떠나가는 너의 몸이
어느 곳에서 이 생生을 마치려나.

방랑의 길을 떠나는 이여
시뻘건 육肉의 몸뚱이는 죽어도
떠나온 네 혼만은 살리라
오— 방랑의 혼아

연

어느 아이가 띄우다가 날린 것인가,
전선줄에 한들한들 걸려있는 연—

바람, 비, 눈에 시달려
종이는 찢어지고, 꼬리는 잘리고,
살만이 앙상히 남아있구나.

아아, 그것은 나의 영靈이런가.

고월古月 이장희李章熙의 시세계詩世界
― 투명透明한 감각感覺의 미학美學

강만수(시인)

이장희 시의 발상은 어디에서 오는 걸까?

영원한 청년 시인인 고월의 시를 읽다보면 그의 시의 원천源泉은 시인의 절대적인 염결성廉潔性인 순수에서 온다고 생각 된다.

그것이 시를 세울 수 있는 기둥이면서 한편으로는 시인 자신을 망가뜨리는 독이 됐다.

결국 자폐적이며 비타협적인 삶을 살다가 음독자살로 29세 젊은 나이에 생을 마감했다.

그는 새로운 시세계를 연 선구적先驅的인 모더니스트로 우리 모두에게 기억 되고 있다.

태양빛 아래 눈을 찌르고 심장을 쿵쿵 뛰게 만드는 삶의 숙명을 거부한 고월의 시들을 만나 보자.

어머니 어머니라고

어린 마음으로 가만히 부르고 싶은

푸른 하늘에

따스한 봄이 흐르고

또 흰 볕을 놓으며

불룩한 유방乳房이 달려 있어

이슬 맺힌 포도송이보다 더 아름다워라

탐스러운 유방乳房을 볼지어다.

아아 유방乳房으로서 달콤한 젖이 방울지려 하누나.

이때야말로 애구哀求의 정情이 눈물겨웁고

주린 식탐食貪이 입을 벌리도다.

이 무심한 식욕食慾

이 복스런 유방乳房……

쓸쓸한 심령이여 쏜살같이 날 지어다

푸른 하늘에 날 지어다

(청천靑天의 유방乳房, 전문)

　위의 시는 다섯 살 어린 나이에 어머니를 여의고

유년시절을 보낸 시인의 이야기다.

자신의 마음속 깊은 곳을 찬찬히 들여다보며 돌아가신 어머니를 시의 주제로 삼아 가슴을 찌르는 투명한 흰 볕 아래에서 다른 세계로 떠난 이를 사무치게 부르고 있다.

그러나 대답이 없다. 어머니는 그에게 사랑을 줄수도, 아무런 소리도 몸짓도 보여줄 수 없다.

그가 자신의 모친에 대한 그리움을 삭이기 위해 머릿속에서 그릴 수 있었던 건 '푸른 하늘에 흐르는 따스한 봄이라고 할까' 또 '흰 볕을 놓으면 불룩한 유방' 정도였을까?

'주린 식욕이 입을 벌리듯' 그는 유아 콤플렉스라고 할 정도로 육친의 사랑에 매우 목말라했다.

그러나 살아있는 사람과 죽은 이 사이의 넘어설수 없는 간극으로 인해, 자신만이 혼자라는 고독감에 휩싸여 외로움과 모정을 하늘에 달려 있는 유방으로 표현하고 있다.

전체적으로 어두운 기운이 배어 있는 이 시는 '쓸쓸한 심령이 되어 쏜살같이 푸른 하늘로 날 지어다'와 같은 표현처럼 생과 사로 갈려 다시는 볼 수 없는 절망으로 다가온 어머니에 대한 그리움을 애절하게 노래하고 있다고 하겠다.

시내 위에 돌다리,
달 아래 버드나무
봄 안개 어리인 시냇가에, 푸른 고양이
곱다랗게 단장하고 빗겨 있소, 울고 있소.
기름진 꼬리를 쳐들고
밝은 애달픈 노래를 부르지요.
푸른 고양이는 물오른 버드나무에 스르르 올라가
버들가지를 안고 버들가지를 흔들며
또 목 놓아 웁니다, 노래를 부릅니다.

멀리서 검은 그림자가 움직이고,
칼날이 은銀같이 번쩍이더니,
푸른 고양이도 볼 수 없고,
꽃다운 소리도 들을 수 없고
그저 쓸쓸한 모래 위에 선혈鮮血이 흘러 있소.

(고양이의 꿈, 전문)

 개천에 돌다리가 있고 봄 안개 피어오르는 시냇가
에서 고양이는 산천초목과 교감하는 걸까.
 곱게 단장한 모습으로 물오른 버드나무에 올라가
꼬리를 쳐들고 낭창거리는 나뭇가지를 흔들며 울고
있다.
 중국 당나라의 시성詩聖 두보杜甫가 〈춘망春望〉이
란 시에서 '국파산하재國破山河在'(전쟁으로 인하여
나라는 망가졌지만 산천은 옛 모습 그대로 남아 있어 슬
픔을 자아낸다)라고 읊은 것처럼 겉모습만은 변하지
않은 산하에서 고양이가 노래를 부르고 있었다. 하
지만 그 누구도 고양이의 울음소리에 귀를 기울여
주지 않는다.
 그러다 그 울음 뒤 검은 그림자가 살며시 다가가
무자비하게 살육을 저질렀음을 알 수 있다.
 '검은 그림자 움직이고 칼날이 은같이 번쩍일 때'
 푸른 고양이도 볼 수 없고 꽃다운 소리도 들을 수
없었다는 단말마斷末魔와 같은 경련에.

시인은 부조리하며 폭력적인 사회에 적응하지 못했고, 그 안에서 끊임없이 갈등하며 부딪히고 괴로워하고 있다.

'푸른 고양이도 볼 수 없고 꽃다운 소리를 들을 수 없는' 검은 그림자로 비유된 일제에 지배당하고 있는 시대상황으로 인해.

극심한 혼란을 끌어안게 된 그는 자신이 지금 발딛고 호흡하며 살고 있는 1920년대 현실.

일본 제국주의 군홧발에 짓밟힌 조선 땅에선 삶의 지독한 고통에서 벗어날 수 없음을 인지하고 있다.

그런 까닭에 그 시대의 현상과 세계를 거부하며 받아들이지 못하고, 자신을 보듬어 안지도 못한 무력한 그가 할 수 있었던 행위는 '그저 쓸쓸한 모래 위에 선혈鮮血이 흘러 있소.' 라고 절규처럼 외치는 것뿐이었다.

주변의 그 누구도 들을 수 없는 그 안에만 깊이 숨어 있는 목소리를 피로 찍어 쓰듯 시에 담아 되뇌며.

그는 절대고독 속에서 삶을 끝내기 전 유언이라도

남기려는 듯, 누군가 그 누구라도 자신의 독백을 들
어주기를 간절히 바란 건 아니었을까?

눈비는 개였으나
흰 바람은 보이는 듯 하고
싸늘한 등불은 거리에 흘러
거리는 푸르른 유리창琉璃窓
검은 예각銳角이 미끄러 간다.

고드름 매달린
저기 저 처마 끝에
서울의 망령亡靈이 떨고 있다
풍지같이 떨고 있다
(겨울 밤)

거미줄로 짠 회색灰色 옷을 입은 젊은 사나이.
흰 배암 문의紋儀로 몸을 꾸민 어여쁜 새악씨.

젊은이들은 철없이 반기며 묘妙한 춤을 추도다.

아, 그러나 향로香爐의 연기는 가늘게 떠올라라.
조용한 촛불은 눈물을 흘리며 꺼지려 하는 것을.
보아라, 푸른 달빛과 같은 애처로운 꿈이 아니뇨.

오, 춤추는 사람들의 애젊은 환영幻影이여.
눈물짓는 촛불의 가냘픈 숨결이여.
(무대舞臺, 전문)

  으음 저기 저 처마 끝에 꽝꽝 얼어서 매달린 고드
름 그림자처럼 싸늘한 등불은 거리에 흘렀으며, 마
치 고월古月을 비웃기라도 하려는 듯 서울의 망령
은 흰 바람에 몸을 마구 떨며 모습을 보일 듯 말듯
하다.
  가정적으로는 두 명의 계모와 여러 이복동생들과
많은 반목을 겪었고, 친일파인 부친과 시인은 불협
화음 속에서 생이 끝나는 그 순간까지도 서로 화합

하지 못했다.

어디 한곳 마음 붙일 곳이 없었던 그의 삶은 살얼음판을 밟고선 여리박빙如薄氷履(시경詩經에 나오는 말로 살얼음을 밟는 것과 같다는 뜻임. 아슬아슬하고 위험한 일을 비유적으로 이르는 말)의 신세라고나 할까?

한치 앞을 가늠할 수 없는 시인의 처지는 모든 행위가 푸른 달빛 아래 꿈에서나 가능할 뿐이고, 촛불의 가냘픈 숨결과 춤추는 사람들의 환영幻影은 잡을 수 있는 실재 대상이 아니다.

그럼에도 그는 춤추는 사람들 안으로 헤집고 들어가, 촛불이 사그라지기 전 철없는 젊은이들 무리에 뒤섞여 몸을 비틀며 묘하게 춤을 추고 싶었다.

하지만 내성적이며 결벽증潔癖症 성향을 가진 그는 사람들 앞에 나서는 것을 극도로 꺼린 까닭에 다가서지도 못한다.

꿈에서 조차도 바라만 볼뿐 함께 춤을 추겠다고 끝내 나서지 못했다.

외부와의 단절로 인해 주변사람들과의 교류와 인

간관계가 끊어져 소통하지 못하고 항상 혼자였다.

그런 그에게 촛불은 가슴이 먹먹해 눈물짓는 마지막 호흡과 같은 것이라면 과장된 표현일까?

그의 심리를 쫓다보면 일상에선 매우 짓눌려있다. 실내에서 타오르고 있는 고요한 촛불이 꺼지지 직전의 모습과 애처로운 꿈을 닮은 고적한 달빛은 지극히 침울한 시인 내면의 무의식 속 풍경과 맞닿아 있다.

쓸쓸한 정서情緖는
커어튼을 잡아 늘이며
창窓 너머 빗소리를 듣고 있더니
불현듯 도깨비의 걸음걸이로
몽롱한 우경雨景에 비틀거리며
뜰에 핀 선홍鮮紅의 진달래꽃을
함부로 뜯어 입에 물고
다시 먼 버드나무를 안고 돌아라
(비오는 날)

갈대 그림자 고요히 흩어진 물가의 모래를
사박 사박 사박 사박 거닐다가
나는 보았습니다 아아 모래 위에
자빠진 청개구리의 불룩하고 하이얀 배를
그와 함께 나는 맡았습니다
야릇하고 은은한 죽음의 비린내를

슬퍼하는 이마는 하늘을 우러르고
푸른 달의 속삭임을 들으려는 듯
나는 모래 위에 말없이 섰더이다
(달밤 모래 위에서)

　창 밖에 비가 내리고 있다. 시인은 그 빗소리에 귀
를 기울이다 그 소리와 같이 하나의 빗줄기가 되어
떨어지는 걸까?
　도깨비 걸음걸이로 몽롱하게 빗길을 비틀거리며
어딘가로 가고 있다. 무덤 속에서 망자가 손톱으로
오동나무 관을 긁어대는 것처럼.

그 무덤 위 붉디붉은 진달래꽃들이 봄비에 툭 툭 져 내리는 봄날에, 꽃잎을 마구 뜯어 입에 물고 화자가 먼 버드나무를 안고 돌 때, 불운한 그의 삶을 안쓰러워하듯 비가 추적추적 내리고 있다. 주검을 예감한 것처럼 쉼 없이 비는 울음을 으헝으헝 멈추지 않고 있다.

그 빗소리 지금까지도 우리들 가슴을 마구 후벼 파대고 있다.

자신의 황량하고도 복잡한 내면을 어쩌지 못해 삶의 마지막을 앞둔 2, 3년 전부턴 신경쇠약증에 걸려 외출도 전혀 하지 않고 지냈다.

종내는 차갑고도 어두운 방에서 금붕어만을 그리다 괴이한 느낌을 지울 수 없는 음독飮毒을 감행한다.

8행과 9행으로 이뤄진 위 두 편의 시는 시인의 좌절감과 절망감이 몽롱한 빗소리와 청개구리의 불룩하고 하이얀 배에서 느껴진다.

그 야릇하고도 은은한 죽음의 비린내를 통해 삶의 기대가 무너진 심정을 애절하게 드러내고 있다.

열거한 여섯 편의 시에서도 그런 암영暗影(어떤 일을 이루는 데 지장이나 방해가 되는 나쁜 징조나 그 영향을 비유적으로 이르는 말. 어두운 그림자)을 감지할 수 있다. 이 작품 역시 언어선택과 회화적인 측면에서도 잘 조화를 이뤘다.

생의 마지막을 향해 달려 나가는 비극적 정서의 심화가 하나로 일치되어 확연히 느껴지는 작품이다.

위 시들은 본래 시인의 예리한 지성과 감성이 적절히 결합된 힘도 있지만, 그의 죽음 이후 시간을 초월하여 더욱 더 빛을 발한다.

아이와 바둑이는 눈을 맞으며
뜰에서 눈과 함께 노닐고 있네.
(눈 나리는 날)

2행으로 이뤄진 '눈 나리는 날'은 그가 삶을 끝내기 6개월 전 〈문예공론 1929. 5〉에 마지막으로 발표한 작품이라고 유추된다.

하늘에서 펄펄 내리는 눈을 맞으며 아이가 집에서

기르는 바둑이와 함께 마당에서 뛰어노는 광경이 한 폭의 수채화를 보는 듯 눈에 선하다.

이 작품은 위에 열거한 몇 편의 시들과는 전혀 다른 동심의 세계를 보여주고 있다. 시인은 이 시에서 그야말로 순정한 의식이랄까, 시대고時代苦에서 발생한 좌절과 울분에서 벗어나 한 폭의 동양화 속으로 들어간 것 같은 새로운 진경을 보여주고 있다.

천생 시인일 수밖에 없는 그의 맑고 고운 심성이 그대로 드러나 있는 작품이어서 필자 역시 어린 시절로 되돌아가 잠시 세상사를 잊고 추억 속으로 들어가 노닌다.

오래 전 함박눈이 펑펑 쏟아져 내렸던 겨울 방학 어느 날, 동네 친구들과 함께 골목에서 시린 손을 호호 불어가며 눈을 굴려 엄마눈사람과 아빠눈사람을 만들어 집 앞에 세워 두었던 기억이 떠올라 빙긋 웃지 않을 수 없었다.

군더더기 없는 짧은 시에서 그는 여백의 미를 한껏 살려 독자와 함께 할 수 있는 공간을 어렵지 않게 만들어 놨다.

넘치지도 부족하지도 않게.

많은 말을 하고 있지 않음에도 기실은 많은 이야
기를 담은 시라고 할 수 있겠다.

꽃가루와 같이 부드러운 고양이의 털에
고운 봄의 향기香氣가 어리우도다.

금방울과 같이 호동그란 고양이의 눈에
미친 봄의 불길이 흐르도다.

고요히 다물은 고양이의 입술에
포근한 봄졸음이 떠돌아라.

날카롭게 쭉 뻗은 고양이의 수염에
푸른 봄의 생기生氣가 뛰놀아라.
(봄은 고양이로다)

'봄은 고양이로다'는 고월古月의 시詩 중에서도
가장 수작이라고 여겨지며, 그 독창성으로 인해 시

인의 천재성이 여실히 드러나 있으며, 오늘 날까지 그의 작품 중에서도 독자들에게 가장 널리 읽히고 있다.

고양이 몸에 파가니니가 살고 있기라도 한 걸까? 고양이를 손가락으로 툭 건드리면 바이올린 현을 뜯는 소리가 금방이라도 울려 퍼질 것 같다.

지금도 시각과 청각 및 촉각적인 감흥과 울림이 큰 폭으로 전해져 시각, 촉각, 청각적인 상상력이 극대화 된다.

우리나라에서 모더니즘을 최초로 받아들인 선도적인 시인답게 언어조탁言語彫琢의 세련됨이 명품시라고 하지 않을 수 없다.

그 시대의 누구도 감히 흉내 낼 수 없는 독보적인 경지를 보여준다.

'꽃가루와 같이 부드러운 고양이의 털에'
'금방울과 같이 호동그란 고양이의 눈에'
'포근한 봄 졸음이 떠돌아라'
'날카롭게 죽 뻗은 고양이의 수염에'

입술을 꾹 다물고 봄볕아래 졸고 있는 고양이에게 가까이 다가갔더니 천상의 먼 저편과 가깝게 느껴지는 현세의 이편 사이에서 달콤한 봄꿈을 꾸고 있는 것 같다.

그러다 날카로운 가시처럼 뾰족한 수염이 맨살을 쿡 찌를 것 같아 '아야!' 하고 급히 뒤로 물러설 것 같다.

시인은 타고난다더니 가슴속에 희고도 푸르른 유리창이 수천수만 장 들어 있어 톡 치면 채챙 채 챙 챙 소리를 내며 자신의 존재를 드러낼 것만 같다.

그러다 다시 또 툭 툭 치면 냉담과 비애, 불안과 우울이 끝없이 증폭돼 하얗게 빛을 발하며 와르르 깨질 것 같다.

극도로 예민한 선병질腺病質(피부 샘 병의 경향이 있는 약한 체질. 신경질을 이르기도 한다.)적인 성격을 지닌 그가 보여준 날카롭게 번뜩이는 백색의 감각 또한 예사롭지 않다.

이런 특이한 무게감에 기초하여 필자는 우리 현대

시사에서 가장 중요한 시인 중 한 명으로 그의 시를 다시 읽는다.

고월은 당시의 감탄과 감회와는 매우 다른 시적 기교와 감각 혹은 상징으로 그 누구의 작품과도 비교할 수 없는 새로운 미학을 구현했다.

일제 강점기 짧은 생을 살며 온몸으로 시를 살아낸, 시로 삶을 마감한 그가 그린 투명透明한 감각感覺의 시세계詩世界는 어떤 것인지, 그 결핍과 단절감이 오늘을 사는 우리에게 던지는 물음은 무엇인지 되짚어봐야만 하겠다.

봄과 고양이를 그린 시인 이장희

이장희(李章熙, 1900~1929)

 시인. 대구출생. 본관 인천. 본명 양희樑熙. 아호
고월古月. 1920년 장희樟熙로 개명. 필명 장희章熙.

 1900년 경상북도 대구에서 부호이며 조선총독부
중추원 참의를 지낸 아버지 이병학과 어머니 박금
련의 맏아들로 태어났다. 다섯 살 때 어머니를 여읜
이후 계모 밑에서 크며 알아주는 친일파 인사였던
아버지와 불화했다. 아버지 이병학은 두 번째 부인
과의 사이에 5남 6녀를 두었고, 이장희가 죽기 5년
전에 세 번째 결혼을 하였으며 부인 외에 측실도 1
명 거느렸다. 자결 당시 이장희는 3번 결혼한 아버
지로 인해 복잡한 가정환경 속에서 모두 12남 9녀
의 형제들과 함께 자랐다. 출생이 이렇고 가정이 이
러하니 그의 인생에 무슨 낙이 있었을까?

 대구 대남보통학교를 수료하고, 대구보통학교를 거

쳐 일본경도京都(교토)중학을 졸업하였다.

우울하고 비사교적인 성격으로 문단의 교우관계는
양주동, 유엽, 김영진, 오상순, 백기만, 이상화 등
몇몇 문인들과만 친하게 지냈을 뿐이었고, 세속적인
것을 싫어하여 고독하게 살다가 1929년 11월 3일
28세를 일기로 대구 자택에서 음독자살하여 일생을
마쳤다.

1924년 동인지 〈금성金星〉 5월호에 실바람 지나간
뒤, 새 한 마리, 불놀이, 무대, 봄은 고양이로다 등
다섯 편의 시와 톨스토이 원작의 번역소설 장구한
귀양을 발표하면서부터 작품 활동을 시작했다. 이후
〈신민新民〉〈여명黎明〉〈신여성新女性〉〈여시如是〉
〈생장生長〉〈조선문단朝鮮文壇〉에 동경, 석양구, 청
천의 유방, 하일소경, 봄철의 바다 등 30여 편의 작
품을 발표하였다.
생전에 남긴 그의 시 30여 편은, 그의 사후 20여
년이 지난 1951년 청구출판사에서 간행한 백기만

편 〈상화와 고월〉에 11편만 실려 전해지다가, 1970
년대 초반부터 그의 시 연구가 본격화하면서 〈봄과
고양이〉(이장희 전집. 문장사 1982)와 〈봄은 고양이
로다〉(이장희 전집. 평전 문학세계사 1983)등 두 권의
전집에 그의 유작이 총정리 되어 실렸다.

 이장희의 시 전편에 나타난 시적 특색은 섬세한
감각과 시각적 이미지, 그리고 사계절의 변화에 따
른 시적 소재의 선택에 있다. 그는 비수같이 날카로
운 언어감각으로 심미적인 내용을 담아 아름다운
시로 남겼다. 대표작 봄은 고양이로다는 다분히 보
들레르 적 발상법을 바탕으로 하고 있다. '고양이'
라는 한 사물을 예리한 감각으로 그려내어 생생한
감각미를 보이고 있다. 이 시는 작자의 순수한 지각
에 포착된 고양이를 통해서 봄이 주는 감각을 집약
하여 표현하고 있다. 1920년대 초반의 시단은 퇴폐
주의, 낭만주의, 자연주의, 상징주의 등 서구문예사
조에 온통 휩싸여 퇴폐성이나 감상성이 지나치게
노출되어 있었음에도 불구하고, 그의 시는 섬세한

감각과 이미지의 조형미를 보여줌으로써 바로 뒤를 이어 활동한 정지용과 함께 한국 시사詩史에 새로운 경지를 개척하였다.

나태주 시인과 함께 떠나는 명시여행(62)이라는 블로그에서, '생전에 박용래 시인이 가장 좋아했던 시인 중 한 사람이 이장희'라며 고월 이장희의 시와 인간적 면모를 가장 잘 표출한 시로 보인다며 다음의 시를 소개했다.

유리병 속으로 / 파뿌리 내리듯 / 내리는 / 봄비. / 고양이와 / 바라보며 / 몇 줄 시를 위해 / 젊은 날을 앓다가 / 하루는 / 돌 치켜들고 / 돌을 치켜들고 / 원고지 빈 칸에 / 갇혀버렸습니다. / 고월은.

　　　　　　　　　　　　　－ 박용래 「고월」 전문.

봄은 고양이로다

1923년에 쓴 대표작으로 치밀한 관찰과 예리한 분석으로 고양이라는 한 사물과 현상의 관조에서 감각적인 미를 만들어내고 있다.

이 시는 간결하면서 적확한 표현이 매우 돋보인다. 감각적이면서 심미적인 시인의 시 특성이 아주 잘 나타나 있다. 봄의 특성들이 모두 '고양이의 몸'에 집중되어 있으므로 모든 표현이 예리하고 감각적이다.

꽃가루와 같이 부드러운 고양이의 털에 / 고운 봄의 향기가 어리우도다 // 금방울과 같이 호동그란 고양이의 눈에 / 미친 봄의 불길이 흐르도다. // 조용히 다문 고양의 입술에 / 포근한 봄 졸음이 떠돌아라. // 날카롭게 쭉 뻗은 고양이의 수염에 / 푸른 봄의 생기가 뛰놀아라.

- 고운 봄의 향기
    → 꽃가루와 같이 부드러운 고양이의 털
- 미친 봄의 불길
    → 금방울과 같이 호동그란 고양이의 눈
- 포근한 봄 졸음

→ 조용히 다문 고양이의 입술
▪ 푸른 봄의 생기
　　→ 날카롭게 쭉 뻗은 고양이의 수염

　고양의 털, 눈, 입술, 수염을 통하여 봄의 향기(감촉), 불길(정염), 졸음(권태), 생기(소생)가 느껴지는 감각적 요소를 시로 형상화하고 있다. 이 시는 시인의 순수한 지각에 나타난 대상(고양이)을 통해서 봄이 주는 감각을 집약적으로 표현한 것으로 거의 완벽하다 할 수 있다. 표현법은 일종의 반복점 층법이다. 이렇게 함으로서 봄의 특성은 더욱 구체화되고 증폭되어 큰 충격을 준다.

청천의 유방

　1925년 〈여명〉 9월호에 수록되어 있는 작품으로 하늘을 어머니로 의인화하여 모성애를 그리면서 '그리움'의 미학을 보여준다.
　「인간은 항상 미완의 상태에 머물면서 완성을 향해 몸부림하는 존재이며 '개별화'와 '사회화'를 지

향하는 진화론적 동물특성은 바로 이러한 완성을
갈구하는 모습이다. 그래서 늘 만족하지 못하고 안
정되지 못한 부족과 불안은 근본적으로 인간발달의
요인이 되어 작용하는 것이다. 고월의 시 전편에는
이러한 특성이 '그리움'으로 표출되고 있음을 볼
수 있다. 이 그리움은 일차적으로 그의 주린 모성애
로 향하고 있다ㄴ(이장희전집 봄과 고양이, 문장, 1982,
P.78)고 제해만은 해석한다.

어머니 어머니라고 / 어린마음으로 가만히 부르고
싶은 / 푸른 하늘에 / 따스한 봄이 흐르고 / 또 흰
볕을 놓으며 / 불룩한 유방이 달려있어 / 이슬 맺힌
포도송이보다 더 아름다워라 / 탐스런 유방을 볼
지어다 / 아아, 유방으로서 달콤한 젖이 방울지려하
누나 / 이때야말로 애구哀求의 정이 눈물겹고 / 주
린 식탐이 입을 벌리도다. / 이 무심한 식욕 / 이
복스러운 유방…… / 쓸쓸한 심령이여 쏜살같이 날
지어다. / 푸른 하늘에 날지어다.

이 시는 하늘을 어머니로 의인화하고 유방과 연결시킨다. 그리고 다시 그것을 달콤한 젖과 식욕으로 이어가면서 전개된다.

- 푸른 하늘 → 어머니
- 태양 → 유방
- 흰 볕 → 젖
- 방울지다 → 모정
- 애구의 정, 식욕 → 모성에 대한 그리움
- 쓸쓸한 심령 → 고월 자신

'어머니—하늘' '자애—따스한 봄', '젖—햇볕' 등이 서로 상관성을 지니고 자연과 인간의 생성을 비유한다. '탐스러운 젖' '주린 식욕' '복스러운 젖' 등의 관능적인 표현이 있기는 하지만 이들은 '애구의 정이 눈물겹고'라는 구절에서 어머니의 자애로운 유방으로 승화된다. 어려서 어머니를 여의고 어머니의 사랑을 받아보지 못했던 이 시인은 따스한 봄날 푸른 하늘에서 보내는 흰 볕으로 자라나는 모

든 것을 자신의 쓸쓸한 심령과 그 심령의 식욕과
비유하여 시화한 것으로 봄의 풍경이 한 폭의 아름
다운 그림으로 그려져 있다.

하일소경

1926년 〈신민〉 8월호에 발표한 작품으로 색채감각
을 현란한 무늬로 형상화하고 있다.

작가가 활동하던 1920년대 우리나라의 시문학은
상징주의와 낭만주의가 뒤섞여 잡다한 태도를 보이
는 특성이 있다. 그 중에서도 이장희는 시각중심의
감각언어를 때로는 상징적 수법으로 또 때로는 낭
만적인 정조 위에 나타냈다. 그래서 그의 시는 감각
성과 회화성이 가장 큰 특징이 되었다. 감각성이란
애매모호한 시어를 완전히 줄이고 구체적이고 감각
적인 시어를 구사한다는 말인데, 그의 감각어感覺語
는 시각을 주로 이용하는 시각어視覺語이고, 그의
시각어는 색채어色彩語가 중심을 이룬다.

운모雲母같이 빛나는 서늘한 테이블. / 부드러운 얼

음, 설탕, 우유. / 피보다 무르녹은 딸기를 담은 유리잔琉璃盞. / 얇은 옷을 입은 적이 고달픈 새색시는 / 기름한 속눈썹을 깔아 매치며 / 가냘픈 손에 든 은사銀絲실로 / 유리잔의 살찐 딸기를 부수노라면 / 담홍색의 청량제가 꽃물같이 흔들린다. / 은사실에 옮기인 꽃물은 / 새색시의 고요한 입술을 앵두보다 곱게도 물들인다. / 새색시는 달콤한 꿈을 마시는 듯 / 그 얼굴은 푸른 잎사귀같이 빛나고 / 콧마루의 수은水銀 같은 땀은 벌써 사라졌다. / 그것은 맑은 하늘을 비추인 작은 못 가운데서 / 거울같이 피어난 연꽃의 이슬을 / 헤엄치는 백조白鳥가 삼키는 듯하다.

색채의 배합이 썩 잘된 한 폭의 풍경화를 보는 듯하다. 딸기화채를 만들어 마시는 고달픈 새색시의 모습을 여러 가지 색감으로 나타낸 것이다.

이 시에 쓰인 감각 언어를 5감으로 분류해보면 다음과 같다.

- 시각 : 빛나는, 무르녹은, 얇은, 기름한, 가냘픈, 살찐, 담홍색, 흔들린다. 곱게, 물들인다, 푸른, 빛나고, 밝은, 비추인, 헤엄치는 등과 특정한 색채를 환기시켜주는 운모, 얼음, 설탕, 우유, 피, 딸기, 유리잔, 속눈썹, 은사실, 꽃물, 앵두, 잎사귀, 땀, 하늘, 못, 연꽃, 이슬, 백조 등.
- 청각 : 고요한
- 촉각 : 서늘한, 부드러운
- 미각 : 달콤한
- 후각 : 없음

이 시에 쓰인 감각 언어는 위에서 본 바와 같이 시각어가 압도적으로 많다. 이것은 시각적 이미지가 우세하여 회화성이 강조되는 감각적 시풍이 된다.

이들 시각 언어를 다시 색채별로 나누어보자.

- 백색 : 운모, 얼음, 설탕, 우유, 은사실, 수은, 땀, 이슬, 백조, 유리잔
- 적색 : 피, 딸기, 담홍색, 꽃물, 앵두, 연꽃
- 청색 : 푸른, 잎사귀, 하늘, 못

위에서 보는 바와 같이 2차색이 거의 없는 원색으로 백색이 가장 많고 적색, 청색 순이다.

백, 홍, 청 등이 서로 교차되어 조용한 여름날의 풍경을 한 폭의 수채화처럼 그려 보이고 있다. 뿐만 아니라 이들 하나하나의 이미지가 결합되어 이루는 효과는 백색이 보여주는 순결성, 식사나 요리가 상징하는 인정미, 새색시의 고운 자태에서 우러나는 청신미를 잘 전달하고 있다.

'피보다 무르녹은 딸기'란 잔인한 이미지나, '적이 고달픈 새색시', '가냘픈 손' 등이 주는 이미지는 결코 밝은 인상만은 아니다.

그러나 이장희 시의 감각적인 면, 시각언어 가운데서도 특히 색채언어를 많이 사용하여 얻은 감각적인 이미지는 한 편의 수채화를 그려낸 듯하며, 시인의 특징이 되고 있다.

다음은 2005년 6월 11일 대구매일신문 10면에 게재된 기사내용으로 이장희의 시가 세계적으로 알려지고 있음을 보여준다.

작고 향토시인 고월古月 이장희李章熙(1900~1929)의 시 '봄은 고양이로다'가 미국 랜덤하우스 계열의 알프레드 노프 출판사가 최근 발간한 시선 집 '더 그레이트 캣 The Grate Cat'에 실렸다.

고양이를 주제로 삼은 세계걸작 시선 집에 실린 이 시는 외교관출신의 시인 고창수(71)씨가 'The Spring is A Cat'이라는 제목으로 번역했다. 이 시선 집에는 보들레르의 'Cat', 폴 발레리의 'White Cat', 릴케의 'Black Cat', 파블로 네루다의 'From Cat' 등 세계적 거장들의 작품이 함께 실려 있다.

이장희의 시가 이 시선 집에 수록된 것은 한림출판사가 1985년에 한국과 미국에서 발간한 영역시집 「Best Loved Poems of Korea」를 통해 미국 문단에 알려졌기 때문이다. 이 번역시는 뉴욕 메트로폴리탄 미술관이 1999년 고양이를 소재로 삼은 세계명화와 함께 발간한 시화집에도 실린 적이 있다.

이장희의 생애와 시

봄은 고양이로다로 세계적인 시인이 된 이장희李
章熙(1900. 11. 9 ~ 1929. 11. 3)는 일제 강점기의
시인이자 번역 문학가이다. 본관은 인천仁川, 호는
고월古月이다.

1924년 5월 〈금성〉 3호에 실바람 지나간 뒤 외 4
편의 시와 번역소설 장구한 귀양을 발표하고 문단
에 등단하였다.

그러나 그는 다섯 살 때 친어머니를 잃고 두 분의
계모와 12남 9녀의 대가족, 아버지와의 의견대립
등으로 극히 내향적이고 고독한 가운데 연명하다가
1929년 11월 3일 방바닥에다 금붕어를 수없이 그
려 놓고 스스로 목숨을 끊은 불운한 시인이다.

'만 스물아홉이라는 짧은 생애, 극약을 먹고 자살
한 비극적인 삶' 이것이 이장희의 생을 요약하는
말이다.

생애

1900년 경상북도 대구부 서성정 1정목 103번지, 지금은 대구시 서성로에서 12남 9녀 중 셋째아들로 태어났다.

아버지 이병학李柄學은 대구의 부호로 인천仁川 이씨李氏 시조 이허겸李許謙의 33대손 경상慶祥의 셋째아들이었다. 고월에게는 병길柄吉, 병건柄健 두 숙부가 계셨는데 병건은 중추원참의관을 지냈고, 고월의 아버지 병학은 1866년생이며 자가 순집順執이고, 궁내부주사와 중추원참의를 지냈다. 어머니는 밀양 박상묵朴尙黙의 딸 박금련朴今蓮(1870~ 1905)이다. 다섯 살 되던 1905년 어머니를 여의었다.

친 어머니의 사망은 어린 고월에게 큰 충격을 주었으며, 이어 계모 박강자, 1남 정희鋌熙, 장녀 영이榮伊, 6남 돈희敦熙, 5녀 윤자潤子, 7녀 복자福子 등 가족의 죽음을 보며 아픔을 겪었다.

이후 계모 박강자朴江子(1889~1923)가 들어와 줄줄이 낳은 많은 이복동생들 틈에서 제대로 보살핌을 받지 못한 채 자란다. 아버지는 두 번째 부인과의 사이에 5남 6녀를 두었다. 계모 슬하에서 대화가 단절된 채 지낸 청소년기에 형성된 그의 성격은 내향성을 띄었고, 대가족과 이복형제들 사이에서 언제나 고독을 느꼈다.

21명이나 되는 엄청나게 많은 형제자매 가운데서 셋째 아들로 태어났으나 한 번도 부모의 사랑을 받아보지 못한 불우한 소년이었다.

계모 슬하에서 청소년기를 보내며 아버지와도 사이가 좋지 못했다. 특히 친일파인 아버지의 완고한 성격 때문에 어려서부터 반항적이고 폐쇄적인 성향을 보였다고 한다. 아마 아버지와의 이런 갈등이 단절된 심리를 낳았을 것이다.

이장희가 자살하기 5년 전에 아버지는 두 번째 계모(셋째 어머니) 조명희趙明熙(1899 ~ ?)와 결혼하였으며 그 외에 측실도 1명을 더 거느렸다. 이장희가 자살할 당시 형제는 모두 10남 8녀로 가족관계가 매우 복잡했다.

경상북도 대구대남보통학교를 수료하고, 대구보통

학교를 거쳐 일본경도京都(교토)중학교를 졸업하였다.

대구 부호의 아들로 태어났지만 학교에서도 늘 낡고 해진 옷을 입고 다니던 가난한 아이였다고 한다.

교토중학 시절 일본 소녀 에이꼬와 잠시 사귀었다고 전해지는데, 방학 때 귀국하여 다시 돌아가지 않았으니 그 또한 덧없는 사랑에 지나지 않았다. 그 후 목사가 되고 싶어 아오야마 학부에 들어가려했으나 아버지의 반대로 뜻을 이루지 못했다.

결혼은 했지만 부인과 첫날밤을 함께 지내지 않았다니 그의 결혼생활 또한 애정이 없었던 듯하다.

한동안 집안에만 틀어박혀 그림만 그리며 소일하던 중 이경손의 소개로 백기만과 가까워지고 그 인연으로 〈금성〉지의 동인이 된다. 그 후 동지同誌에 청천의 유방, 실바람 지나간 뒤를 발표하며 문단에 등장하였다.

하지만 우울하고 비사교적인 성격 탓에 평소 친하게 지내는 지인도 적고 작품도 많이 남기지 못했다.

양주동은 절록節錄하는 애사(哀詞 ― 낙월애상落月

哀想)에서 '그와 나와의 교분을 대강 적은 것이거 니와, 나는 더구나 지금에도 잊지 못하는 몇 가지 애달픈 추억을 갖고 있다.'며 이장희에 대해 이렇게 적었다.

'그가 술도 마실 줄 모르면서 우리 주당 동인들을 늘 따라다니다가 안주만 많이 집어먹는다고 주로 웅군君에게 몹시 핀잔을 받으며 심지어 모자를 벗겨 땅에 굴려도 그저 빙그레 고운 미소만 띄우던 얼굴'을 첫째로 들었다.
  그리고 둘째는 '내가 동경으로 떠날 때 혼자 역에 전송 나와서 끝내 말이 없이 홀로 플랫폼 구내를 왔다갔다 거닐다가 급기야 발차 벨이 울자 문득 내가 앉은 자리 창밖에 와서 그 뒤 포켓 속에서 1원짜리 얇은 위스키 한 병을 꺼내어 창으로 들이밀고 말없이 돌아서 역으로 나가던 그 쓸쓸한 뒷모습'

  그리고 부연설명으로 '그 맥고모, 짤막한 키, 성큼 성큼한 걸음걸이'라며 그의 외형을 이야기했다. 그리고 마지막 셋째로 '연'이란 시를 기억하게 된 연유를 설명한다.

  '내가 마지막 그를 그의 장사동 집 앞채 어두운 방에

찾았을 때 그가 마지못하여 보여주었던 「연」이라 제題한 절필의 시 — 그 시는 뒤에 연몰 되어 전치 않으나, 대강 내용만은 지금에도 기억한다. — '

'연'이란 시의 전문은 다음과 같다.

어느 아이가 띄우다가 날린 것인가
전선줄에 한들한들 걸려있는 연 —

바람, 비, 눈에 시달려
종이는 찢어지고 꼬리는 잘리고
살만이 앙상하게 남아 있고나

아아, 그것은 나의 영靈이런가

이런 뜻을 노래했다고 양주동은 회상한다. 그리고 마지막으로 이장희의 마지막을 이렇게 회고했다.

내가 그 시를 읽고 너무나 소름이 끼치기에 그의 손을 잡고 그에게 재삼 간곡히 '든든한 삶'을 강조

하고 종용했건만, 이 보잘것없는 친구의 '말'은 드디어 그에게 아무런 '구원'이 되지 못하고 그는 마침내 자기가 선택한 절대의 길을 가고 말았다.

 교우관계는 양주동, 유엽, 김영진, 오상순, 백기만, 이상화, 현진건 등 극히 제한적이었고 진정한 친구는 없었다.

 이상화와는 길 하나를 사이에 두었던 가까운 이웃이었고 나이도 한 살 차이 친구였다. 이상화의 사회적이고 사교적인 성격과는 반대로 자폐적인 성향이 있었던 이장희는 거리상으로나 문단으로나 가장 가까울 수 있었던 이상화와도 자주 만나지 않았다고 알려져 있다.

 일본어에 능해 중추원의 어떤 직무를 맡아달라는 아버지 이병학의 청을 거부한 후 계속된 아버지와의 불화, 손꼽을 정도의 사귐밖에 없는 극히 좁은 교우 관계, 길을 가다가도 '권태다, 권태다'라고 혼자 외치거나, 이 세상 사람들을 모두 속물이라고 선언했다는 그의 비사교적인 성격과 고고벽孤高癖은 그의 시에 고스란히 드러나 있다.

아버지가 중추원 참의로서 일본인들과의 교제가 빈번하여 아들 이장희에게 중간 통역을 맡기려 했으나, 그는 한 번도 복종하지 않았다고 한다. 총독부 관리로 취직하라는 명도 거역하자 아버지는 이장희를 아주 버린 자식으로 간주했다 한다. 그래서 그는 극도로 빈궁한 삶을 벗어나지 못한 채, 복잡한 가정환경과 친일파인 부친과의 갈등 때문에 고민하다가 1929년 11월 3일 29세의 나이로 대구 자택에서 음독자살하였다. 죽기 직전 그는 2, 3일간 방에서 나오지도 않고 배를 깔고 엎드려 방바닥에다 금붕어를 수도 없이 그려놓았다고 한다.

가족 관계

아버지 : 이병학李柄學, 1866. 10. 17 ~ 1942. 11. 9
어머니 : 박금련朴今蓮, 1870 ~ 1905. 2. 2(음력)
계모 : 박강자朴江子, 1889 ~ 1923. 6. 24
둘째 계모 : 조명희趙明熙, 1899. 11. 20 ~ ?

고월은 생전에 1남 정희(鋌熙 1888. 10. 28 ~ 1924.
12. 14), 장녀 영이榮伊(1905. 4. 14 ~ 1910. 1. 3),
6남 돈희敦熙(박강자 소생 1916. 1. 7 ~ 1917. 8. 3),
5녀 윤자潤子(박강자 소생 1917. 4. ? ~ 1917. 8. 3),
7녀 복자福子(박강자 소생 1923. 2. 4 ~ 1924. 6. 14)
등 형제들의 죽음을 보았다. 먼저 죽은 이들 이외에
도 고월의 형제는 상희象熙, 성희聖熙, 칠희七熙, 달
희達熙, 운희運熙, 필희弼熙, 복희復熙 등이 있었다.

인간관계

고월의 동향 출신 교우는 현진건, 이상화, 백기만
등이 대표적이다.

- 현진건 : 玄鎭健 1900. 8. 9 ~ 1943. 4. 25.
  소설가. 아호는 빙허憑虛. 언론인으로도
  활동.
- 이상화 : 李相和 1901. 5. 9 ~ 1943. 4. 25
  시인. 아호는 상화尙火 또는 想華, 무량
  無量, 백아白啞. 소설가, 수필가, 번역

문학가, 문학평론가.

- 백기만 : 白基萬 1902년. 5. 12. ~ 1967. 8. 7.

  시인. 아호는 목우牧牛. 문학평론가.

학력

- 경상북도 대구 대남보통학교 수료
- 경상북도 대구보통학교 졸업
- 일본 교토 중학교 졸업

작품 활동

1924년 〈금성〉 5월호에 실바람 지나간 뒤, 새 한 마리, 불놀이, 무대, 봄은 고양이로다 등 5편의 시 작품과 톨스토이 원작의 번역소설 장구한 귀양을 발표하면서 등단했다. 이후 〈신민〉, 〈생장〉, 〈여명〉, 〈신여성〉, 〈조선문단〉등의 잡지에 동경, 석양구, 청천의 유방, 하일소경, 봄철의 바다 등 30여 편의 작품을 발표하였다. 요절하였기에 생전에 출간된 시집은 없으며, 사후 백기만이 청구출판사에서 1951년 펴낸 〈상화와 고월〉에 시 11편만 실려 전해지다가, 제해만 편 〈이장희전집〉(문장사, 1982)과 김재홍 편 〈이장희전집평전〉(문학세계사, 1983)등 두 책에 유작이 모두 실려 전한다.

평가

시인 생존 시에 이루어진 평으로는 박종화와 이상화의 것이 있다. 박종화는 〈조선문단〉 1925년 10월 호 '9월의 시단'에서 〈여명〉에 실린 이장희의 시 청천의 유방과 비오는 날을 평가하면서 청천의 유방은 "기괴를 쓰랴는 마음, 상징을 위한 상징시라는 것을 나는 말할 뿐이다. 이외에는 아무것도 없다."고 했으며, 비오는 날은 "작자의 착각적 정서로부터 나온 작품이다. 다만 한 때에 마취된 감흥에 씌운 붓장난이라 할 것이다."라고 혹평했다(이기철, 〈이장희 연구(1)〉, 《인문연구》 6권, 영남대학교 인문과학연구소, 1984, 179쪽).

반면 이장희와 동향 친구였던 이상화는 같은 해, 〈개벽〉 6월호에서 이장희의 시 고양이의 꿈과 겨울 밤을 이채 있는 시라고 하면서, 이장희를 정관靜觀 시인이라고 평하였다. 다만 생명에서 발현된 열광이 없음을 덧붙였다(이기철 (1982년 5월 30일). 〈이상화 전집〉. 서울: 문장사. PP264~265).

조연현은 1920년대 시단의 낭만주의적 풍조의 전개를 다루면서 감각적인 예민성은 거의 이장희의 독자적인 특성으로서 이 무렵의 감각적인 경향을 대표하는 유일한 시인이라고 평가했다(조연현. 1969년 9월 5일. 〈한국현대문학사〉. 서울: 성문각. P271).

정우택은 비속한 현실에 맞서 절대 자유, 절대 자아의 순전함을 추구했던 이장희의 삶은 곧 그의 시라면서 그의 미적 태도를 '미적 근대성의 자기 파괴적인 양상'으로 명명하였다. 또 한국 근대문학사에서 이장희는 근대적 주체의 자율성을 옹호하기 위해 예술의 자율성과 미적 근대성을 절대적인 지점까지 추구했던 시인으로 기록되어야 한다고 정우택은 주장했다(정우택, 〈고월 이장희 시 연구〉, 〈민족문학사연구〉 21권, 민족문학사학회, 2002, P216).

제해만은 하기와라 사쿠타로의 시들 「묘猫(고양이)」, 「묘猫의 사해死骸(고양이의 시체)」를 소개하며 '고월의 `고양이`에 관한 시들은 당시 일본의 영향력 있는 시인인 하기와라 사쿠타로(추원삭태랑 萩原朔太郎)의 시 「묘猫(고양이)」와, 나쓰메 소세키(하목수석 夏目漱石)의 소설 「나는 고양이로다」와의 밀접한 관련 아래 있다.'고 보았다.

시인이자 교수인 이기철은, 이장희는 감각, 색채어, 공감각적 이미지의 선구자라며 시인 자신이 푸라티나 시론을 '시론'이라는 형식을 통해 문자화한 일은 없으나 그의 친구들에게 입버릇처럼 말했다며 푸라티나 시론을 이야기한다. 내용은 다음과 같다.

그가 남긴 유일한 시론, "시는 푸라티나 선이라야 한다. 광채도 없고 탄력성도 없고 자극성도 없는 굵다란 철사 선은 시가 아니다."는 이름 하여 이장희의 "푸라티나 시론"이다. 푸라티나 선은 백금 선을 말한다. 시는 백금과 같아야 한다. 굵고 녹슬고 둔

탁하고 휘어지는 금속과 같은 시는 시가 아니라는
것이다.

대표작

봄은 고양이로다, 하일소경夏日小景, 석양구夕陽丘,
동경憧憬, 고양이의 꿈, 봄철의 바다, 눈은 나리네,
연鳶 등 30여 편이 전한다.

이장희 프로필

출생   1900. 1. 1 대한제국 경상북도 대구부 서성
         정 1정목 103번지

필명   본명 이장희李樟熙
         아명 이양희李樑熙
         아호 고월古月

직업   시인, 번역문학가

소속   前 〈금성〉 편집위원

학력   대구 대남보통학교 수료
         대구보통학교 졸업
         일본 교토 중학교 졸업

활동   1924~1929

장르   시, 번역

부모   부: 이병학, 모: 박금련

형제   이복남동생 10명
         이복 여동생 8명

이장희 연보

1900년 11월 9일 대구시 중구 서성로 1가 103번지
        에서 이병학의 12남 9녀 중 3남으로 출생

1905년 친모 박금련 사망

1912년 대구 보통학교 졸업

1917년 일본 교토중학 졸업

1923년 8월 계모 박강자 사망

1924년 5월 〈금성〉지로 등단

1924년 9월 계모 조명희 들어옴

1925년 2월 석양구〈신여성〉

1929년 11월 어느 밤〈중외일보〉

1929년 11월 3일 음독자살

1951년 백기만 저 〈상화와 고월〉(청구출판사)에 시
        11편 실림

1982년 제해만 편 〈이장희전집〉(문장사)

1983년 김재홍 편 〈이장희전집평전〉(문학세계사)

1996년 대구시 두류공원 인물 동산 내에 이장희 시
        비 건립

2005년 6월 미국 알프레드 노프 출판사가 발간한 시 선집 '더 그레이트 캣 The Great Cat'에 '봄은 고양이로다'가 'The Spring is A Cat'이라는 제목으로 실림

이장희 작품연보

발표연대	제 목	발표지
1924. 5	실바람 지나간 뒤	금성
	새한머리	
	불노리	
	무대	
	봄은 고양이로다	
	장구한 귀양(번역소설)	
12	동경	신여성
1925. 2	석양구	신여성
3	방랑의 혼	조선일보
5	고양이의 꿈	생장
	겨울밤	
	단장 3편	신여성
	가는 밤	게재지 불명

발표연대	제 목	발표지
9	청천의 유방	여명
	비오는 날	
	사상	신민
	비인 집	
10	달밤 모래 우에서	신민
	연	
1926. 1	겨울의 모경	신민
3	밤	여명
	실제	
4	하염없는 바람의 노래	여명
	좁은 하늘	
	한조각 하늘	
5	너의 그림자	여명
	다시	
6	봄 하늘에 눈물이 돌다	여명
	쓸쓸한 시절	게재지 불명
8	하일소경	신민

발표연대	제 목	발표지
11	눈	신민
1927. 3	가을ㅅ밤	조선문단
6	눈은 나리네	신민
	봄철의 바다	
8	저녁	신민
10	학대받는 사람들(단편소설)	신민
1928. 6	여름밤 공원에서	여시
	저녁	
1929. 1	귓드람이	신민
	벌레우는 소리	
5	눈 나리는 날	문예공론
	봉선화	
	적은 노래	
11	어느 밤	중외일보